倡导诗意健康人生
为诗的纯粹而努力

阎　志

主　编

# 惊 春

## 中国诗歌

### 【第75卷】

2016 **3**

主　　编：阎　志

常务副主编：谢克强

副　主　编：邹建军

编　委（以姓氏笔画为序）：
田　禾　叶延滨　李　瑛
祁　人　吴思敬　杨　克
张清华　邹建军　陆　健
林　莽　路　也　阎　志
屠　岸　谢　冕　谢克强

发稿编辑：刘　蔚　熊　曼　朱　妍
李亚飞

美术编辑：叶芹云

编辑：《中国诗歌》编辑部
地址：武汉市盘龙城经济开发区
第一企业社区卓尔大厦
邮编：430312
电话：(027) 61882316
传真：(027) 61882316
投稿信箱：zallsg@163.com

# 目　录　CONTENTS

**图书在版编目（CIP）数据**

惊春 / 汤养宗等著.–北京：人民文学出版社，2016（中国诗歌 / 阎志主编）

ISBN　978–7–02–011513–6

Ⅰ.①惊…　Ⅱ.①汤…　Ⅲ.①诗集 – 中国 – 当代　Ⅳ.①I 227

中国版本图书馆 CIP 数据核字（2016）第 060204 号

封三封底——《诗书画》·杨松霖书画作品选

本期插图选自 Martin Johnson Heade 作品

责任编辑：王清平

装帧设计：海　岛

责任校对：王清平

**人民文学出版社有限公司出版**

http://www.rw–cn.com

北京市朝内大街 166 号　邮编：100705

武钢实业印刷总厂印刷　新华书店经销

字数 210 千字　开本 850×1168 毫米 1/16　印张 9.75

2016 年 3 月北京第 1 版　2016 年 3 月第 1 次印刷

ISBN 978–7–02–011513–6

定价 10.00 元

如有印装质量问题，请与本社图书销售中心调换。电话：01065233595

# 汤养宗
## TANG YANG ZONG

  1959 年出生，福建霞浦人。曾服役于舰艇水兵部队，从事过剧团编剧、电视台记者等职业。著有诗集《水上吉普赛》、《黑得无比的白》、《尤物》、《寄往天堂的 11 封家书》、《去人间》五种。获福建省政府百花文艺奖，《人民文学》奖，中国年度最佳诗歌奖，《诗刊》年度诗歌奖等奖项。部分诗作被翻译成外文在国外发表。

# 孤愤书

□ 汤养宗

## 惊堂木

堂是现成的。惊堂木，老虎凳，绳，木夹
主审官以及蝇营狗苟的审问词也是现成的
提审人是我，被审人也是我
灌下一碗辣椒水，为的是
诛形诛心，而我与他隔着时间
惊堂木击案，"呀呀呸
你招呀不招?"其他木头在同声应和
哆嗦的我，不敢看那震怒的人
许多许多日子，我一次又一次
将自己押上刑堂，提自己，又审自己
向这颗头颅，叱喝另一颗头颅
一棵草刨到了自己的根
问根系下的虫，也问泥土中的梦
双手在腰背上是反绑的，也不知
这双手如何绑住了自己的手
皮开肉绽，还要补上一句话
"你最好打死我。"
不打死，如何受得了这无穷尽的皮肉之苦

## 孤愤书

允许：心事浩茫，与菩萨聊天，转世，一错再错
不允许：偏安一隅，老是找不到床，不合身，憋屈
允许写下半篇文章便吐血而死
不允许看见日出便自认是赢家
允许：死在你手里，石沉江底，一笔勾销

不允许：一个人有三十六块国土，却死无葬身之
地

## 阴阳论

阻止齿轮作乱的对应词有
呼与应，违与和，俯与仰，顾怜彼此，擒纵
从站立到倒立间的变换是
谨与肆，正与奇，常与变，世相乖合，收放
军舰鸟，鲣鸟，黑枕燕鸥，食火鸡，角嘴海雀
都叫热带海鸟，风生水起里鸟生蛋蛋生鸟
乱开合，无法无天，又各领各命
我叫汤养宗，我还有三四个小名
水火的事，谁攻火谁攻水，已相忘于纵横之间

## 面壁吟

五十年前我就开始面壁。面对这面
忽白忽黑的天空。面对这空，这远
这铁板一块。空空如也的坚壁
横在头顶，不管我的心事
更无视我苦涩的眼神，青丝
转眼间已满头白发，风声里江河枯了再流
我做了件拿命来甘心输掉的事
同多少朝代的人一起，从仰望中
看到了铁石心肠。妙不可言
又永怀绝望。打铁的人，最后从火炉里
取出了一块冷铁。也许这就是安宁
一切都要从不安的面向，听到自己的尖叫

## 过 招

又听见风与风在空气里过招，还听见
一些骨节在树干里发出的声响
在这棵树与那棵树之间，它们
使用了八卦掌，铁布衫，掏根术
岩石与岩石也打架，夜里
当你听到岩体突然的坍塌
许多时候，海水里一条鱼将另一条鱼的身体
拿过来，便大摇大摆地游到了另一片海域

有时我心跳，另一个人必然也心跳
还闹不清，心脏有时在左边有时在右边
大喜的日子，自以为是的时候
我的座位常常是空的，我不在
那个我从不想与他过招的人也不在

## 尽余欢

蛾子从窗外飞来，又扎进烛火
不这样死，它已找不到更好的死法
兔一路狂奔，也一头栽在树墩上
有怎样的速度，便有怎样的结局
那人渡过易水，唱苍凉的歌，想颠覆
敌国的王朝，匕首藏在图卷里
图铺开，自己的首级，先落在图纸上
另一只叫螳臂的昆虫，站在路中央
怒其臂挡车辙，车不可能听它的
昨晚，邻家醉汉死在女人肚皮上，死者
领到了自己的欢乐，生者才有伤悲
这些事都出自中国怪癖的词汇
相互毫无关联，却暗中接上了
线性的延续性，打开了左门通右门
难道，命该如此，都为了能够尽余欢？

## 左撇子

见过太多的左撇子，用与我们相反的手
表心事，拆解事物的死结
许多反穿着衣服的人，我们并没有看见
而在一道暗门里，那些类似长有
反骨的人，国家也并不打算
对他们清除，我知道一些口感
是需要深究的，他们夹菜
好像偏要吃出味觉的另一半
闹不清河东河西哪一头水浑水清
我们可以不管，比如树要开叉就开叉
但关键一刻，我对这个人说：出手吧
同样拿命来，同样苦大仇深
我击中人间的这边，他击中人间的那边

## 钥匙在这里，门在别处

钥匙在这里，门在别处。
你要的身体，在两朵萤火虫的一对翅膀上
山西在左，山东在右，你的床
处在中间，别处尽是宫殿。
念头来自胃里，而非指南针
天下有孤院，供虫豸出入，说书人
老在细节里搬弄是非。
我找的门，是混淆的门，门缝里时光模糊
并且乱石爱长草，野蒿乱开花。

## 图穷见

我与你终要图穷匕见。一夜白发般
突然。勃发。翻转。薄薄纸片里
我一直抱火而眠，也裹着时间中真假的锈
锋刃蓬头垢脸，一转身
一个血淋淋的我，从反绑的绳子间挣脱
从黑乎乎的墨，到取出惟一的白
光阴撕裂，狮子怒吼
来了！昨天的另一页就是今天的这一页
从来没有背面。只有正面。

## 慢与快的身体

身体一直是慢的。衣服穿在身上
衣服比它跑得快
酒下肚，酒比它跑得快
它渴望爱，爱也比它跑得快
石头也欺负它，当石头往时间里跑
干净和肮脏也比它有更多的小腿
由草民变成狮子，更是快的
从来就没有与它商量
这些，它总是输，总是输
只有当我和你赤裸相对的时候
你呼吸不过来好像就要死掉的那刻
它最快
那时，我抓不住它。你已不在人间

## 天空之城

那里没有落日。没有人民币。没有
地产商。没有铁变锈。没有火焰和
煎药罐。没有喊疼的王。没有坟墓里头
埋错了死者。没有镜子，每一个人都是
美人。没有煮熟的猪脚
没人吃。没有人说："我有高血压
害怕死于一场意外的快乐，死于脑血栓。"

## 独自也是喧哗的

独自也是喧哗的。独自对内心的一件事
十月十三日夜，国家没有大事
而我独自有一件小事，独自的小事是三桶月光
三桶月光都是火焰
提一桶，还剩两桶，挑一担，还有单个
这小欢乐，我拿它们左右不是
我独自看它们烧，独自享用它们甜蜜的小舌头
离死亡还很远地，我现在这样活着

## 五步蛇

我被五步蛇咬了，并已走了四步
他们都不让我死，又抓来好几只来咬我
这样，我的命反而多出了几十步
这命悬一线的盈缩寸长尺短
弄死我与弄活我成冰火交欢
有人进一步提议，死了这个人就等于死了道义
接下的日子，我只好任由他们看住我，提防我
放蛇来咬我。

## 在地球上，我已是个旧人

在地球上，我已是个旧人。一些气味
由我造成，你看到的擦痕
可以想到不讲理的刀光，轮盘，隐藏的
牙齿。一些旧话，在年轻人这头
成了新说，而老狮子在磨牙

已识破所有过路的小兽都是旧的新人
庙宇里有人在烧香，我知所有的心愿
只事关肉与骨头
而落日不管。它滚滚作响
以自己的坏脾气，别人冠以的别名
大摇大摆而去
不再纠缠大路小路
像提头去见谁，也永不再要与谁，握手言和

## 摆棋局的人

摆棋局的人分布在城市的街边，广场，车站
所有的人，是局中人和局外人
莫名的，人间的悬念在旧棋盘上
显得有点脏，也不管我
对诸多事早已洗手不干
局势总是看似有解，其实难为
被困的马，车和炮，都在等待一次落日
还有残余的兵卒，一开步就生错
对于当事者我若插话就是罪人
我们路过，河水不犯井水
婉拒处处喊救的困局
鹰远在头顶，低处则张开了一张张
想惊呼又不敢出声的大嘴
摆棋人习惯在一旁抽烟，料定这世上高手不多
虚空的对立，可颠覆，有机缘
而怀揣一招制敌的人，却面带戚容
绝地还有生机？天黑时局面依然无解
让你的坏脾气，情怀，及不肯过江东的信仰
统统帮不上忙

## 好字都是坏笔写出来的

昨天说好字都是坏笔写出来的。那把笔
颓锋正老，多了其他毛笔四大皆空的坏脾气
有人立即跟帖：好诗也出自坏人
第三个这样说，我是坏人
可我依然还没有写出好诗
我回复："那是你坏得还不够坏"
本地唤长者叫作"老货"
货已老，百虫不侵，衙门空了，狮子在

正在不断掉毛的我
酒量反加，举筷子，比划了下
以为菜已到口，对人说：咱就尽了这晌好时光。

## 修 炼

我们后来已基本懒得提起谁的名号
删了这个派那个派，得道后的身体
有自己说不尽的好
风雷交加的夜晚独自打坐
交手时也不照面，用咒，用蛊，也用
诛心术，天象之下的大势与逆风
天已荒，地已老
手中的刀已不爱抽向无端的流水
有时在市井上擦肩而过，也不打招呼
但彼此都知道
他是千年的那个精，你是千年的这个精

## 八卦鱼

为了做一个与你相反的人，八极图上
我一直反穿着衣服，心脏在
左边跳，也在右边跳，从左边
到右边，我有时也把另一条鱼拿过来
当成自己身体的一部分
相反，在别人身上，我也与人一呼一吸
我一动，另一条鱼就心慌，心跳
老虎在远山辨不清太阳在东在西
他们说，这是自古最双掌合十的符号
这孪生的货，不属公也非母
没有谁想用就用的身体
江中的水，湖里的水和海上的水
我吸一口时别人也吸了一口，世界认为
单边是错的，单边就该赏它一记耳光
可我一直闹不清，我适合左
还是右，或者，谁主左，谁主右
阴阳的双人座上，有一个位置
常常是空的，我不在，逃离，不合作
这形成了空悬，我就想让另一条鱼知道
看它拿我如何是好

# 口 信

身体里有一封久远的口信，一句
生死要认的话，我养着舌头，也养蚜虫
许多时候还面向镜子对口型
为的是把那句话对自己又说一遍
作为一个有秘密的人，我不敢老去
经常话说一半，又看了看面前的人
以为他就是那个所要托付的对象
人世越来越空荡，我越来越
抓不住自己，更越来越抓不住别人
为了传递这句话，我便衣般活在人群中
也像物色人口的游荡汉，还突发奇想
在街上逮个人没完没了地说话
可是，我再也找不到那个可以传话的人

# 小命如粗粮

坐汽车要去追问三十年后的一桩旧事
衣兜里偏偏抓的是往日的账单
如不是尘世，去处与来处就不会这般来回扯
组织上盘问我学历，转正，升迁的人
昨日全已撤走，而我再上路
红薯，春韭，酸菜汤又端了上来
此处不吃，下一站又能吃到什么
快快吃，这像是有了上餐
就没下餐，还像又要徒手赶去入戏，对唱腔
我说小命如粗粮，将就将就
赶紧塞一点，填填肚子，上路，天下好空荡

# 从天而降的人

从天而降的人我遇到三次
一次是小时挖洋葱挖上了一颗人头
另一次独眠醒来，床上
坐着我死去多年的母亲
而昨天，大牢向西！刚刚被关进去的人
今晚的饭局上，又翩翩而至
总是有许多许多的人，不声不响地出现
一如他们不明不白的离散

# 隔江而治

隔江而治，我是江南寂寞的领袖
隔山而治，我是百万草木的主
隔村而治，村里只住我一个人
我是自己的村长，管着一口井，一口锅
还有想象中
每天来开路条的村民
还有自认的选举，相当于
排他法，我把名字张榜在城头
与我放一起的还有一块城砖
藤蔓上长出的菩提果，一条爬壁虎
可没有谁能与我相比肩
我只好一个人登基，当王，一个人
在时光中挥金如土，一个人
把自以为是当作享用不尽的财产
石头，老树，头顶经过的
白云，都顺从这里的村规或王法
在我自己的帝国，时间已有点多出来
篱墙花乱开没有一棵结出正果
我骂骂咧咧，要精心安排
天地之间，一场浇灭心火的国殇

# 砌墙咒

乔木多无花，给高大的英雄树，白玉兰
颁个诗歌奖是多余的，树非花，花非树
到此为止，春风一直在青黄不接间
生炉火，分配药引子，夹带几句骂人的话
遍地的石头各有各的命
我已老，他们正对我煮茶，试图把
画龙点睛，说成是另一头动物
多出与少掉的，雀占鸠巢，让人心血摇晃
高墙内外的人间分成了墙内的人间
与墙外的人间，石头反对砌墙术
而匿名逃亡的人，后来又有了水分水合，大河东
  流

## 绝望的嗅觉

对空气一再地嗅来嗅去，嗅来嗅去
狗那样细察着这条街上的蛛丝马迹
在这世上我等着这个人，希望天气晴好不意外
他一旦出现，我就会立马上前
说我是什么人，五十年才开一次错误的花
还会翻开内衣，让他看
身上的胎记，相当于秘图重现天日
而另一块也在他体上，它们有共同的出处
当我做完这些，已完成指鹿为马
最大的迷宫终于攻破，这个天底下的另一个人

## 车 裂

车裂终于降临。我就要被五马分尸
分开我的正是那
被我死死看住的逻辑关系。仿佛惟有这样
才分得清苦苦纠缠于我的
血肉，玄思，虚无与默认
另一个叫自己对自己讨伐。这些
金光闪闪的乱麻，一再生乱，又一再闪光
他们说，只有这刑罚才让这个人
明白什么叫一是一，二是二
他们说，分尸后还要分五个省份埋葬
以免他借尸还魂。以免他心有不甘

## 狮子吼

我多么渴望，终于化作了石头，拥有
狮子的最后一吼，而后裂开
人们看到，光阴依然是光阴
铁石的心肠依然铁石的心肠，作为
时间的仇敌，我终于碎了一地
人们说，这石头依然在战栗
依然一是一，二是二
这是它的肝，这是肠，这是它
不肯示人的羞处，许多爱它来不及爱
山林清静，但那形状依然不让人靠近

## 关 心

你关心你父亲死后有没有房子住，有没有
新的娘子，有没有每天哼小曲
我关心悲伤的风，湿冷的雨，无由来的云
这一刻是不是还含有活的消息
我们不是一类人，在石沉江底与风生水起间
怀揣着各自的铁石心肠
默默地理清这问题后
石头堆上，一朵花绽开了

## 捉 月

昨晚又有人到河中捉月。相当于我
在空气中自以为是地骑着一只狮子
到处在说一句话：不作死，就不会死。
十里的送葬队伍中，寒风急，飞叶响。
街边有人从衣袋里拿出发亮的东西
对人群亮了一下。

## 全球洗手日

全球洗手日，一遍又一遍琢磨
这双手，该怎么洗才成为另一双手
在传说的金盆中，把手洗成另一种读音
还写契约，从此该干什么不干什么
它曾经伸缩无度，热爱许多身体，并成为
嗜好，那么今后，就连自己的身体
也不能摸？身体叫起来的时候
我就站在一旁，眼睁睁看身体无助地叫
或者，一刀了断，砍掉它们
再不要它们做肉身，免得老碰这碰那
懂了吗？手再干净仍有人叫你再洗一遍手
懂了吗？洗手后，想一想这手开始干什么

# 独自一人在霞浦东冲口看日出

一个人摸黑来到海边，一个人的东冲口
一个人占领了一座海，好像我不来
这里就没有天亮
或来迟，日出又必须重来一遍
大海开始窃窃私语，为了一个新王的诞生
而我，是王惟一的见证人
没有我，王来到等于没有来到
世界不知道，是我的见证，才打开这一天
在东冲口，我与天地一日，照亮两相见
没有我，世界就没有这一天

# 一扇门

这是我在人世出入次数最多的一扇门
其余都是次要的
我不依不饶地从这里出入，身份
有时是狮子，有时是虫豸，有时
作一个春意盎然的判官
我不信，一扇无缘无故的门，凭什么
让一个无缘无故的人，每一次出入时
都像第一次来做客一样

# 数纸张

"这一生再不能翻过第二页"。可我依然在
数纸张，在声声慢中，教育着自己
猴可急，我不急。多出一张
或少掉一页，不是逃生就是提前赴死
这隐喻，稍不小心就真的被撕裂
我在指尖上搓过一个人的肝，一个人的肺
一个人值得一数再数的骨块
翻过一张又是天黑，再翻一张便是暮年
每张纸下面，都有一副铁青的脸
你的深渊与我的深渊，突然的中断与延续
一张纸往往还重叠着另一张纸
最后那张可能就是谁都想撕掉的牌底
我爹我娘，我终于拿到了这个数
类似于一个人念念有词中终于到家

可另个人在尖叫：你早已错掉
这个数并不是那个数，可你的手指从来不听话

# 在月光里

骑一只猛虎在月光里，虫声是谁
要射杀的最后人烟，我手我脚已经无用
大河的流声已被星宿吸走
下跪在松柏间的寺院，也等上天来取
石级通向山顶每一块都有隐身术
怕人寻问，小草在等着飞，许多事
已有人在替我做，比如分出真实与幻象
山脚洗身子的女人，多么白
而树上有蜂窝流下了蜜，当中
秘密相通的技艺，已无需
来回扯，无非是，这句短与那句长
我无处安放的手，金光闪闪
又叫声命苦，这朝代不明的时光
让人左右为难，天地爷，我给你一张借条
与某个神谈判，给我担当及一个人的国度
如果再次去人间，也为我加冕为王

# 万法寺

万法寺，我问法，想金蝉脱壳
百足虫般，卸去无端纠缠的小脚
和尚继续敲木，木鱼沉浮优游
声音，发自那密密麻麻的金鳞银甲
"多么没有理由的声响
要应对四面八方的问话"
和尚答：鱼非鱼，法无法，各有所附
你长你的百足，我敲我的鱼鳞甲

# 小吖语

再不吓唬谁了，也不再希求还能借机还魂
秋日愈深，饱餐一顿依然还在秋日里
现在，只服从自己的小吖语赶路
在地球上，我已是个旧人，而一条身影
有时还会无端生出另一条身影
草丛里有小虫在自说自话，它们也有

自己的难题想扩散出来
提交给更大的虚空，而横穿黄昏的黑熊
一路向我跑来，像是握有更可靠的
小道消息，要我快快撤离，此处不可久留
反过来看，它用的也是一番小吖语

# 恍惚中的疯人院

有几件事不明。双手在腰背上是反绑的
绑我的人是我自己，也不知
这双手是如何绑上了那双手。醉酒后回家
又走到对面楼的同一扇门开锁
多次地认错，又多次犯错
放在锅里煮的是鸭，端上来后
变成了鸡，而全家人依然认为，他们
吃到的还是那只鸭
这些，都让我感到，自己正活在一座疯人院里
比如今晚，城中正在区域性停电
偏偏是，我书房里的灯亮了

# 生死传

如下两种鱼是咬紧牙关做这事的
大马哈鱼产卵后
只得让无法睁开眼的小鱼撕咬自己的身体
一堆骸骨，名字叫舍身与舍弃
微山湖的乌鳢则换过来
母鱼产后都要双目失明，怕母亲饿死
接二连三游进母鱼腹中的鱼子，大悲大喜
一命换一命，在我们这头叫娘亲

# 投降日

出城投降的那天，我儿子正站在敌人的
迎接方队里，早年诗歌的粉丝
也打出某一首诗，尖叫着我的名字
面对乱局，一个人才知什么叫大势已去
这是我的投降日，城墙下方
早有地道挖往我的寝室，援兵在远方
已变成石头，我在城头手拧绳结，结出了
一颗太阳与一百颗太阳都叫落日

拍遍阑干，拍遍阑干
所有的敌人在城下朋友般起哄着
我走出城门，抹着白发和泪花
说这就是永怀绝望与心有不甘
今日起，我要死心塌地做个自己的叛徒


# 工程学

我的工程学是一首诗，蚂蚁的工程学
是它们的巢穴
依照各自古老的技法，我们建成
各自的凉亭，回廊，卧室
迎接走过的风声与月色
也在各自的洗手间搓自己的手排自己的毒
人世上这两座建筑毫不相干
可本着学术的理念
以及阴阳术的说法
蚂蚁建成的房子利于交媾与生子
而我的房子一不小心就成为凶宅
夜里常有无法返乡的人
在里头借宿，哼歌，第二天，人去楼空


# 下　手

有几样东西我一直同时做，或者叫
下手，对人说，我叫汤养宗
同时用一块石头砸开另一块，砸它的
是与不是，让这颗成为那颗的下角料
练习火中取栗，却无限深情地
埋下半熟的马铃薯，还用诗句写下
没有灰烬，春天里我有另一个安排
烟火又向天空散开，在白云下念念有词
西风归佛，南风归道，身体归我
在东西南北中写我一个人的
圣经，用于鸟儿问答，用于难言的纷争
这些眼看都能大功告成，可是我
还是不能，在一句话里说出两句话
我的敌人也还是没有打败他人的敌人
在两三个身体之间，暗疾依然环生
没有谁对谁真的下了手，没有咆哮


# 茅台镇的麻雀

已不再对什么催命。叫魂。太小的
药剂，仍然会让我以为
自己的国土，怎么还捏在
别人家的手里头
他们对我说，这里的麻雀至少有
二两的酒量。这是我所要的膨胀
愿与你对换一下身体，这样
飞起来的事，便顺理成章。命
一下子缩小，又一下子变大。你的酒
我来喝，装着比身体更大的
酒水，开始飞。对身体又一次使用
开始对什么都不管，飞起来
是第一目的。给五脏六腑，全新的情欲
翻烂的人物志，有人为一只麻雀
补上了一笔。那人叫鸟人。我开始认定
今天地球怎样转跟我都不沾边
我停下，地球也停下

# 所有的流水都叫无常

所有的流水都叫无常，所有的抽刀
都形同虚设
就像我，常年在雪豹出没的断崖上筑穴
在人间的朋友并不知
这个人的流失，偶尔的阻拦
也像刀舞水流，与云雾相向
他们无法辨认我用假腿
跑过的路脉，及一再的夺路而去
并一辈子想不明白，在那么高冷的地带
想去练习什么样的技艺


# 那人的坟，埋着他人的尸

那人的坟，埋着他人的尸
三爷的娘子，传下了别家的种
天空中摸到的牙齿
长有九桶月光的颜色

巫师死于自己的解药
棺材里跑着烈马
石头的裤腰松了，忘记了自己的硬
玫瑰错了，飘散着鱼腥草的香
一脸坏笑的青山
正走过一脸慌乱的说书人

## 白　鲸

它是对的，我可能只与这样的东西亲密
在北极，作为有热血的冰块
也有点左右不是，身体的颜色
与冰地一致，又不知如何是好
又用自己的白，来反对天地间的
混为一谈的白，白茫茫中
一把白刃，来回划开了这边与那边
来回说，这是我的白，那是你的白
类似于大街上的一分货一分钱
我活在我的命里，你活在你的冰中
这自作自受，多么孤立地
想切割出单边，没有边界的那种单边
我也冷，我也有在墨汁中找黑的理解力
有人偏在冰地里找空白的感觉
像我的坏脾气，尽管身体早已白成雪色
却依然要驱除血液里大面积的黑

## 俄罗斯轮盘赌

兄弟，我们别再磨嘴皮了好不好？
咱一脚把什么都踢开，你一枪，我也一枪
来就来，一去一留
对错输赢都交给一次性的天黑
风吹灯灭，一块飞石落入湖心，另一块
永无回响，狂怒与战栗
一下子停下
惟这样，天黑就是天黑
而不是，一百次天黑还要天亮
"看，子弹来了，子弹又一次要来了！"

# 叙述的时间形状或向复杂的写作致敬

□汤养宗

写作这件事，一直是值得怀疑的。面对大师业已林立的诗坛，一个人还要写诗，无疑是拿鸡蛋碰石头，拿虚拟的翅膀去与风中大鹏比翼齐飞，有人在地面抬头看了一眼说，这是只什么鸟。

写作最终要做的事，就是正在拿手指敲字或拿起笔写字的人对自己说，看看这种文本在自己手上还有哪些可能。拿自己的自以为是当作天大的事。

我们做不完的，是如何再让文字可能说出来的问题。

叙述具有自己的时间形状。叙述的时间性来自每一个写作者对文字拥有的经纬度，当中分出了来自不同方向的时间点，让叙述者站在多角度用不同的时间说着同一个事物的问题，构成了这个作品在叙述上所形成的时间形状。

单一的时间与多重的时间决定了你对打开事物的的态度，它的多维性取决于一个写作者叙述上所采用的时间理念。我们甚至看不清一个诗人应用在一首诗歌里的时间是如何取得的，但我们能看出他在文字里左右开合的自由度，他一会儿处在战国纷争中，一会儿又在另一个年代，红与黑，左与右，一块泥巴后来又被捏出了种种的颜色，定神一看，那块泥巴是似是而非的。事物的丰富性同样可以在文字当中变来变去，但呈现的效果揭示了事物内部多出来的意味。

那些复杂的叙述者都堪称文字魔术师，他致使事物招认了自己的可辨性与迷幻性。他拥有多种言说的方式，事物经他重新排列与组合，却又让四处散落的时间点服从于写作意志。这像几个族群的猩猩们在不同地盘上相互争夺权位，但整片森林遵循的自然秩序并没有被改变。这是一种具有分裂性质的写作，它催发了事物内在隐秘性的多向度呈现，同时也考验着写作者技法上的多与少。写作的意义，情怀，气息，对待世界的宽度，无不在这种复杂的叙述中得到了拷问。

世界是一个故事与多种故事的关系。故事本是最单一的，也是最诡秘的。我们的情怀一再为此所累。情怀是最慢的，却让人永无出头之日地无法追上。我们与古人相比，在情怀上几乎没有多出什么，但又总是因了我们不依不饶的叙述，而又发生了裂变。我们的绝处逢生就来自这种无中生有，来自这种虚实交换，也来自我们在写作中一次又一次对可能与不可能的盘诘。

以此，我们必须以谦卑之心无比敬重地向那些具有复杂写作理念的写作者致敬。向那些又将我们带向新说法的伟大作品致敬。他们的难度写作让人间的阅读有了新去向，让我们想象，那孤悬处，一只猛虎是如何嗅着自己心中的蔷薇。Z

米绿意　巫小茶　金　笛　杨献平　桑　田
朵　拉　守护月亮之树　田铁流　流　泉
青　鸟　杨　通　向　晚　韦永圻子

# 黑白画

（外二首）　米绿意

松开蝴蝶结。一个演员
终于，让虚伪的热情冷却。

灯光从身后照过来，
在前方投下白天巨大的影子。
以及零落之星，提醒

从普遍性里取回身体。
她感到肉体结实的自我，感到
那个自我咽下了
想说的什么。

时光继续造花朵，流水
食害虫的鸟，
在黑色庞大的海和宇宙。
"小松鼠头发里藏着浓郁的果香。"

她写道。后来，她趴在书桌上睡着了。
我就这么站在一旁
看她：从妹妹，成为姐姐，母亲。

## 偏　离

太多时候我被人群推促，
跑或者被动地走。
这种惯性，有时在夜间也无法停下。
但我也会离开既定的轨道，

叛逆和偏离
把我带向另一些人。
我像是崭新的，重新拥有一种喜悦，
去辨识，选择某些亲近——
他们多少与记忆中的另一些重叠。
各种事物，仿佛有了新模样
此前视而不见的
从画框，或某个历史博物馆复活
踊跃地散发生活的气息，
我也身在其中。

## 在凤凰镇遇到威廉

她独自走进深夜的小店，点一首诗

诗是什么，可以吃吗？她递上一张信用卡
嗯，可以。某种意义上
诗减轻饿的感受。"请输密码"
像龙舌兰那么烈吗？
不。但有和烈一样让人流泪的效果，"请签字"

她接过他递来的纸巾，落下几滴泪

离开的时候，她在纸巾上写下：在凤凰镇，遇到
　一个
也叫威廉的人

# 立 春

（外二首）｜巫小茶

一个美人的样子。十个也是
如此，在孤独中
十一满出一，我溢出你
立春是夜晚同意白昼的事
不再翻云覆雨
在人间喝茶
探向阴间的叶子见过它的情人
和母亲
花间是你的手离开我一个世纪后的柳下
只要不让云在掌心
沁出水来
叶子嫩绿如初恋
便是世间最认真的样子
倔倔强强
哪怕翻云覆雨，昼夜罢工
这春呀春，也非要庭院深深，含羞而立

## 空 心

湖水闪烁着孩子的眼睛
我在湖边
却不在我的心里。你偷走了我的心
当它是桃子，放进冰箱，
然后遗忘。我在湖水中闪烁的眼睛里
摘下云朵和蝉鸣
你路过

询问我是谁
要不要跟你回家吃桃子

## 在你的怀里静坐如初

你的身上有座庙宇
我一直在寻找通往其上的路。
崎岖的夜
有着原始森林的纹理
噢，森林，张开它的肺，在月光中
流淌着世代的符文

一个人在另一个人的身上行走
沿着血液里流淌的传说
那是一种声音包裹着另一种声音
而不是取代

没有捷径。我打着赤脚
让玫瑰扎出的血，躺在你杏色的
声音里
时间在于时出走
月亮随它而去。爱到绝处
处处庙宇。亲爱。一个人在另一个人身上的
行走，是我在你的怀里
静坐如初

# 像瀑布像墙像轻柔的风 （外二首）| 金笛

不是所有的墙都能让你依靠，
有些墙是阻挡与压迫。
轻解衣衫的风，
正适时进入一个燥热的冬日。

瀑布是倾泻也是飞升，
慢慢移动的血流，
像钉子钉进密密麻麻的诱惑。
只为一次坦荡，
多少花鸟虫鱼，义侠豪情再不见踪影。

叉腰，抱腿，
立正，稍息。
做这些动作时，
我像瀑布像墙像轻柔的风。

## 请灵魂去更宽广的地方

明天就像一场新的排序。
今天的位置不是银杏，不是杨柳，
是自顾自的欢呼。

雨常在。
太阳在雨上面，
所以精神会被烘干。
湿漉漉的屋顶，
始终是生命的赞歌，
我收回我的目光，

因为雾霾像一个女仆，
快速扑向女王宝座，
而那些启发性的美无需解释的美，
我只能搭上自己的性命加以保护。

我这一条性命原本很合群，
因为一个不知好歹混淆黑白的时代，
我拼着命，呵护着一片美，
冲刺出来，杀将出来。

## 致堕落的高处

蜜蜂与蝴蝶，
从荒芜风景中凸显美的音色。
它们比许多人的话语，
更能挺立在生命的旅途。

我们早已不在一个位置上，
甲虫抛出的狂躁信号，
不能动摇真正的灵魂。
哪怕自由是一个深渊，
我们也会在诗中，证明我们的坚定。

用疼痛换来河流般的伤口，
如果劫后余生也是讽喻，
那么还有什么词汇，
能真正承担起这个世界的神圣？

# 写在情人节

（外二首）杨献平

天色昏，一切向晚
海棠独巍巍。对于春草来说
腊梅之香，方可引为知己
风落单。人只想着如何路过
油菜花开在河边
一个少年和他的伙伴
少女和她的粉红色羽绒服

不适合爱情，这个春天绿树有爱
云朵与雾霾交合
好地方总是被人占据
午餐饮酒的人，他看到一列火车
万物缄默，此刻无人孤独

好事者，满大街的玫瑰
不及其余。一杯红茶可以抵达的
两颗心可以解决的
好在这一天即将过去
一年一年此一时刻，蝴蝶扇动
但凡庸俗的可镌刻金身，亦可常付流水

## 雾霾天独自饮茶

雾霾天喝茶，水显然主题
为独坐，需先把整个世界哄睡
孩子们看电视。非洲丛林的大象和鳄鱼
凶猛之物，庞大的未必残酷
如这春天之河流，多么宽阔的舌头
不时看看窗外，车辆如奔逃
人类以离散为主题
且用一行汉字，并帕斯捷尔纳克一首诗

"博大如一座花园，但本性
却更像一个妹妹。另一面镜子。"
说的是我吗？自恋多情的人当在此停顿
放下茶杯，心向远处
身不动。生如囚居，雾霾之下众生狼行兔奔
如我长期莫名之慵倦
冲洗繁星之空，须常以茶水和蜂蜜之身

## 个人纪事

用药止疼消炎，好像是别人的事
可你面对的肉身
它有罪。疼的时候告诫自己
不疼了，这世界还是如此辽阔随意
一个人面对的
不是未来的空无
却是自身的逐渐厌弃

这样说无比痛苦，像另一个人
用爱情杀心。早开的花是另一个秘密
戴手套的小女孩
弯腰一摸。我知道她又觉到了一个世界
还有脚下青草
头顶天。另一个小女孩在低头看手机

我只是路过，包括这个世界
你们。街道上的人可能想的少
做的多。一台日系车和德系车瞬间相撞
一栋楼和另外一栋楼从不结合
灯光属于偷情者。对面一直有一个老人
拉二胡，木板上写着悲惨的全人类

# 家族生活

（外三首）｜桑田

有一所庭院，腐朽得像老处女
我静静地站在这深深庭院里
用一种穿梭时空的想象力
去努力回忆一个家族的历史

那时的场景应该是丰满的
老人们坐在屋檐下晒太阳
小脚媳妇整日里哭哭啼啼
在那里为她爱的男人生下孩子
孩子们在下雨天里四处奔跑
小小的儿童转眼就长大成人

成长的历史承载着兴衰荣辱
一个家族的历史也是人的一生
家族兴旺时是否有人抬头仰望
家族破落后是否有人背井离乡
朱红的大门前是否有乞丐长睡不醒
古老的水井边上是否曾有人绝望

我跨越唱歌的黄鹂和庭院深深
穿过荒草丛生的土地和太阳
我想，所有的过去也会是所有的希望
多年以后生死轮回着一切又推倒重来
所有的衰落里又把新鲜的生命酝酿

## 格桑花

我忘掉一个春天解冻的土地
把夏的生命交还给大地上的格桑花
我把嘴唇贴在阳光的花蕊上
想象自己如同花瓣一样完美无瑕

我的头发钻进白云戴上凄美的头纱
我的眼睛里装满了夏天的流水和牵挂
在青石小径上我看到你从远处走过
百鸟归巢的季节里　没有人是我的家
我对你的爱在青天之上和月光之下
我的身体在高原上　我的心丢在天涯

## 天　光

心事像风雨飘摇的房子，又老又旧
恋爱是长久寂寞的后果，却年久失修
多年前流浪汉的歌声把青春祭奠
那时我们用大锅吃肉，用月光下酒
多年后岁月逐渐沉淀了心的所有
静夜里只想走出门，去看一看春水悠悠

## 路　人

路人是汉语里最凄美的词语
有一些美好的劫数是命中注定
我们总在某一个路口突然相遇

目光触碰时，你中有我，我中有你
当我们尽情相爱时，我们合二为一

路人就是相遇之后，又转身离去
当你离开我时，我的心里装着你
当我离开你时，你的心里装着记忆
到那时候，我还是我，你还是你

# 一种孤独的延续

（外三首） 朵拉

椅子上落满了灰
干瘪的玫瑰输掉一生幸福
空。房子里失去跑动声
如果梯子学会说谎，有一个影子
跟在身后

风，是另一个
偷窥者，等着再次
把蜡烛吹灭

## 说，种子有些肤浅

平静了，这是一个无梦的夜
带着一团水雾

洁净的部分
侧向春天
她不明白凋谢时的痛苦
蕊香散去，如果波澜不惊
离心口是不是
很远

## 冷风，冻结了我的抒情

还没有想好如何穿越冰面

飞跃了一个夜晚
把自己像一张纸铺开
我的历史，以及春光明媚的三月
只要深呼吸

只要一支蝴蝶
协奏曲。别人喜欢柔软的红唇
我却喜欢
装水的陶罐，晃来
晃去

不相信
会离奇死亡

## 取　暖

我承认与影子
有了暧昧的关系，抚摸它
亲吻它
惊恐于每一个夜晚
它的不知去向

第几晚了
我守着干柴烈火，却
一直在
颤抖

原创阵地

22

# 浣溪沙

（外三首） 守护月亮之树

门前没有流水，走得近了
你会看见一条灰白色的路
长着两只脚的怪物，在路上刻下血痕

　一同喝茶饮酒的人早已远了
我有时会捡起掉在地上的干瘪的影子
我有时到对面的浴场去洗澡，它的名字叫浣溪沙

## 在墓园

前面的墓碑高过人头，还嵌着明晃晃的琉璃瓦
妻说，那是有钱人的墓，一平方要三万八
她的先辈躺在有钱人的阴影里
在阴影里，还卧着一株枯萎的雏菊花
鸦雀在乱糟糟的草丛间觅食
这是深冬的午后。有人迁墓进来
鞭炮和礼花瞬间爆炸
觅食的鸦雀惊悚着飞进云层
这人间，它已寻不到
可以安生的家

## 中　午

卧伏在阳光里的枯草安然入定
许多年前的声音偶尔回响一下
很快就滑入一团看不见的漩涡里
我在枯草间等着什么

枯草在我四周等着什么
天很高，很白。天袒露远方的心
青色的风一丝一丝地抛过
我张开着手臂，仿佛在等待
远方抛来珍贵的物什
空气里有活着的气息，纠缠不断
我等待着绿色入境

## 照　片

一切裸露着的东西，都是美好的
暮春三月，你听得见河水在叫
我们裸裎于其间，听凭它用叫声
穿透我们。听凭它将
我们不着丝缕的心逐出来
听凭它封塑了开花的身体
制作成镜子里无邪的艳照
你不必捂上双眼，从指缝间
偷偷观望，仿佛造孽者
你不必像河水一样叫——
河水并不纯洁，尖叫声
也从不纯洁。你看他
就像他看着你一样
他盼望用照片简化一种关系
我们偶尔会站在镜子里
我们最终要从镜子里驱赶自己
我们在驱赶中慢慢老去

# 欢 喜

（外三首）｜田铁流

躺下。每个张开的细胞都能听见
蚯蚓翻动泥土的巨响，芨芨草伸出第一粒嫩芽

过不了多久，我会重新长出根来，那根丢失的脐
带
将我曾索取的麦粒、土豆、苞谷，包括水，一一
偿还

胆小的蛐蛐试探我的鼻息，蚯蚓会钻出我的皮肤
泉水开始流淌，天边的火烧云保持着良好的风度

无法完成隐身的骨头被孩子捡回家
柴火堆满小院，炊烟刚刚升起

## 暗 礁

母亲从未读过一天书，她每天最期待的
是给我的舅舅送去午餐

满院子都是琅琅书声啊！
母亲躲在窗下偷看横竖撇捺

用椿树棒在草木灰里写了又抹，抹了又写
但又怎么说呢？同为地主的后代

识字的舅舅常为现实炙烤
母亲却安然躲过了文字的暗礁

## 无字的碑石泛着青光

大火烧了这么些年，燎原大火
一寸一寸掠过皮肤。不要说那些吼声了
猛虎、雄狮、猎豹、孤狼、夜枭的吼声
早已销声匿迹，就连树叶摇头晃脑的低吟
就连茅草的瑟瑟暗语，都已听不到了

你听！茫茫大地多么安静
一群丢失声带的灵长类动物
正缓缓爬过蝙蝠围成的甬道
也曾丰饶的山野，只剩下一些无字的碑石
还挺立在那里，还泛着青光

## 是什么让你们如此恐慌

七夕早上，阳光穿过细叶榕
落在人行道上的光斑
刚刚好，落在我身上

"多像一头初生的豹子。"

想着这样的比喻，想着与豹子有关的事情
直到银行门口，手托枪管的人
开始嚷嚷，我才从比喻中脱身而出

是什么让手持利器的你们如此恐慌？

我看看空无一物的四肢，又看看空空荡荡的四周
是我刚刚披上的这件花豹的外衣
还是暗藏体内的铁，已开始叮当作响？

# 念及一场雪

（外二首）流泉

在冬天
我所在的城市
很少能见到有一场像模像样的雪
……之于雪的期待
也就不是一般意义的期待了
若用"殷切"来形容此间心情，我想"热望"这
　个词
似乎更妥帖

很多时候
我会将雪比喻成玉，水晶
更美一些，我则把它比作——爱情
这尽管落俗，但我愿意
我对爱情之热望
与对一场雪的飘飘洒洒之热望是一致的
我喜欢她妖娆
纯净

北风，年年有的
我惧冷就有点不喜欢北风了，它刮起来肆无忌惮
凛冽多了几分
人就仿佛矮了几寸
若雪花一定要由北风陪伴
那我也只好躲在一轴夏天的画卷里
去看雪了

## 梅竹之夜

明月，可登堂
长短句的狗吠声，可入室

揭开面具的是平仄
摆不上台面的，是多余的词藻

押韵的二胡，将乡野的寥廓压在了马路边
腔调委婉有风情泄露

篝火亮出舌头
谁在为一场诗的盛宴收复哀怨
不允许星星抬头
大风车磨牙

你唱你的
我吟我的
秋之稻谷，送走了最后的镰刀
来不及收割的
是十二枚跳动的小黄豆

## 瓷

养在瓷洗里
道路被埋没，美学主义的月光曲
与楚辞相背
橘灯，告别了青柚
琴瑟，告别了美酒

他们呀——
心怀旧经卷，渐行渐远，渐行渐远
……误入蛮荒地
赞美的诗篇，从此找不见
风中吟唱之人

# 寒风起于大街

（外三首）青鸟

很多年前，寒风吹着冬日的大街
一个衣衫单薄的孩子
坐在父亲的三轮车上
带着惊喜呼喊我们——他的一群
穿着棉衣要去吃火锅的老师们

犹记老教师的一声感叹
看这父子俩，冷啊！
犹记他那么兴奋地在街上呼喊我们
他的父亲也转过身
还是那样谦卑而单纯地笑着

今日雪霁起风，风声入骨
我想起寒风中的那对父子
他们对世界的亲近之意
谦卑之情，单纯的存活的念头
被风修改成了何等模样？

## 告　示

不必再对自己
心怀恐惧
以为总有一些事物无处安放
我已看见了
那片巨大的空旷
卸掉了幻想的光影
灰白的底子
仿佛还在无限地扩大

现在　我彻底地平静下来
你看见我的时候
请给一个虚无人生的跋涉者
以尊敬　以怜悯
而不是想入非非

## 岁　末

我从物与事之中取出火焰
凝视它鲜红的身体
感受它的温暖电流一样穿过心脏
然后继续　沉入庸常甚而麻木的周遭
就像一个炼金术士喜欢把金子重新
扬入沙土之中

宇宙的光亮适合
恰好照亮一小方土地
生与死之间恰好有一小把爱
便于流转

## 盘　点

流逝掉的每一秒钟里
都埋下了我的呼吸
一想到此
就觉得时光那么绵密结实

至于爱——
有时很认真　尽心尽力
有时很潦草　睁一只眼闭一只眼
有时麻木
有时逃避
我还是一团没有理清自己的乱麻

时光会洒下足够的绿荫
她带着上升的力量
宽恕我　给我仰望
她等待我
在渐渐老去的脚步里渐渐长大

# 春日黄昏

（组诗）　杨通

## 春日黄昏

樱花细碎的白银，被春风浪费
纠结一地的光线啊，令醉失方向感的鸟儿们短兵
　相接
与樱花为邻，总是多是非。那些闹人的香，理不
　清，道不明

太阳偏西去，鸟儿们飞出长长的阴影
春天，这个躁动不安的日子，即将暗淡下去
一些云朵滞留在天边，像是在等什么人。我看见
　我的后半生
将像芬芳散尽的樱花树，一旦抖完身上的光辉
就不再有闹人的香，去惹是生非了

## 一片树叶的飘坠……

我相信，这片树叶可以说出整个秋天的心事
然而它却只顾独自飘坠
什么都不说

我相信，这片树叶的飘坠，惊动了一池秋水的冷
　静
误伤了一个人对另一个人温暖的仰望

## 总有一些这样的时刻令人不安

长堤边的那个老人说，流水带走了他心上的石头
以至于，他一生都这样柔弱与空无

当他用眼睛的波光动摇我安之若素的河水
天上暗下来的一抹灰色
多么浩淼

我猜想，流水是他被时光偷走的骨头
不知该如何重新回到他的命里
也有人说：生为花朵
就要往好里开。那个老人慢慢隐去的寂寥
很尖锐。我突然心生惶恐。想找一个清净的地方
　发呆

## 黄昏迷人

夕阳在草尖上滚动
羊群开始燃烧，耀眼的落霞，抵御着黑夜的降临

牧羊人在草丛中，与羊群行走的光芒，共同写下
　黄昏的传说
让伫立在梦幻边缘的村庄
荡漾着迷人的呼唤

## 闲看残花

终其一生，我都喜欢闲看春风吹拂的遍地残花
怀抱独善其身的香，在阳光下死去
就像，在时间的深渊中
一只虫子倚着流水闲看夜色，不问世事，不求被
　恩宠
我只求遇见我的人，不为我的悄然寂灭而悲哀

# 来 信

（组诗）　向晚

## 来 信

一片久违的故里之地，一旦你想起
你会先低头
你会先觉得自己错了
以致难受，以致你望着院前的那棵歪脖子树
你会先看到熟悉的阳光——在风中
有着故里的敏感
摇晃成一万斤的铁锤砸向你
砸向连空洞无物的安宁都没有的一处
你会时常觉得自己
已漂泊了多年，好像每一天都是最后一天
信中说，你离开了数年——
梅花也开了数次。每一天的阳光
都像是祖母的眼神注视着一条骨瘦如柴的路

## 天空下

黑了的天空像一只睁大的眼睛——
雨从中滴落下来
你在此间想着多年未见的
老朋友。你坐在少有人群的一角
感到你举杯时
他们正坐在你的对面
那时你想着自己应是抑郁的天空
时而以为自己在异乡
漂泊了多年，时而以为
一片翠绿而鲜嫩的草地上那里曾有你的脚印
或影子，然而这一切
竟和你梦里的一样吻合。此时
雨水，在你冷漠
的身旁落下。只因它足够冷
——才让你觉得

你与同为失散多年的它有共鸣之处

## 最后一片叶子

在初冬，你久久地注视着
一片叶子——
你感到它无助时
就仿佛它站在你的对面与你对饮
那么无力地
终于从一棵树上飘落下来
像是一生——的力气
都用尽了。它飘落在那里
像一块故里的头巾
感受异地的冷和孤独
在冷的阳光下，它无动于衷
地躺着——在初冬
你几乎就看到了它季节的语言脱口而出

## 不关己书

当你看到远方的蔷薇在深夜
偷偷抹泪，冷风像耳光
抽打着它弱小的身躯，它像一个拾荒者
因在偌大的黑夜里——
而感到恐惧和疲惫和苦楚
于是，你看见它
你会心疼，你会先鼻酸然后流泪
然后不再想起，只因
你和它一样，都在过着自己终有一死的有限生活
只因你和它一样
它——
散发的苦香和它的存在一样的卑微

# 来生亲启

（外二首）韦永

给你邮寄淡云轻风、祈祷
一切如昔日老旧
给你邮寄绿色蔬菜瓜果
明月、宁静的梦乡
给你邮寄古井的一杯水
残荷上的雨声、童年
给你邮寄母亲的唠叨、父亲的沉默
乡音和族谱
还有那个不能牵手的恋人

给你邮寄俊貌、苍颜
给你邮寄惆怅和晴天
给你邮寄一双有泪的眼
和一根不弯的脊梁

至此，邮资已完
努力挣足够的泥土
把疾病、怨恨和有罪之身
都埋在今生

## 你在远方，我在异乡

秋风刚把绿色掳走
阳光即刻把彩色分配给大地
连暮云都有份

我的羡慕，从一棵
能跟随秋风回家的稻子开始
挂在树梢的月亮
它圆或缺
天空都把它揽在怀中

江水不做选择
一路盲从就能抵达海的心里

而你，在远方以远
我只能一直活在异乡

## 暮雨的慈悲

秋天的暮雨很廉价
可除了雨，谁还愿意这样千里迢迢
来访，那条固有的河日夜奔流

为了明年能望见山外
灌木用一叶知秋的积极
卸掉枝头的负担

村庄甩不掉童叟弱残
一直病在深山

风是经常来的
它路过山里的深夜时
它是群山的梦境

而梦醒时分
它是平原的，也可能是大海的

很多无名小鬼早已结伴到城里谋生
女巫在香案前给暮雨算命：
"持续到明天或明年
都不能把苍天的眼睛擦亮"

# 月光下发生的

（外二首）坼子

写一首深情的诗
让白色月光从指缝漏出

月下暗藏着欢愉
月下飘落身体的梦话
有人独行
有人秉烛夜读
有人舞剑或煮酒
很多时候，月光从门外经过

写一首温暖的诗
让白色的月光在天堂落雪
远古的月光写下一封长长的书信

## 时间煮了几只蝈蝈

在小镇，时间是一台推土机
我们将整个村庄送出去
换来了水泥砖墙
我们将整条河流送出去
换来了高高堤坝

在小镇，时间是一个哑巴
我们将道路拉长
看到了空荡荡的街灯
在小镇，我们要走很久
才能靠近村庄
靠近村庄时

又把自己走失

在小镇啊，时间煮着褐色的
蝈蝈。它们跳进盒子里
我们等了很久
也没有等来月光

## 请　了

一个人举杯独酌　可邀明月
请了　空空的村落
空空的小路　堂兄　姑嫂
借了远方的生活
我们独守夜晚的牧场
各行其是
一个人行走山岗　可邀清风
请了　自由的草木
自由的麻雀　蚂蚁　蚯蚓
借了肉体的欢乐
我们飞奔在自己的命中
各有长短
一个人醉卧山崖　可邀松林
请了　斜靠山崖的寺庙
斜靠寺庙的经幡　苦痛　迷惘
借了大地的重量
我们存放亲爱的魂魄
各奔东西

周冬梅
曾蒙
张怀帆
唐毅
梁尔源
波眠
莫卧儿
张小美
许玲琴

# 周冬梅 的诗

## 曾几荷时

当风吹皱了七月这张宣纸
流年破碎
当蜻蜓读瘦了你的一阕宋词
暗香孤独
你咬紧嘴唇，紧闭心门
在一首诗里拒绝开放
雨把门敲了又敲
阳光一次又一次抬起
向你心窝里走的左脚

你不理不睬，小心眼
坏脾气，还是老样子
忧郁，且病着

我用流水给你写信
写你的倒影和梦境
写你弯弯曲曲的爱恨
还叫鱼儿掐你
告诉你，生活
除了爱，还有疼
告诉你，即便是从悬崖上走下的记忆
也不用背包袱

一切都怪我，怪我用黑黑的笔写你
怪我把你的花骨，写得太露

## 如果·荷

如果池塘是一方端砚
那么，墨盘里的水是有情绪的

或冲动，或夸张，或怒放，或婉约
或内敛，或使劲留白，或张弛有度

此刻，我正被一朵荷花临摹
当然只是形状
我内心高于天空的孤独
他无法临摹
我站在尘世喧嚣上的寂静
他无法临摹
我给一阕宋词红袖添香的样子
他无法临摹

很多时候，我嚼着月光
嚼着宋时的闲词
很多时候，我把鸟鸣深入到内心
用乡音清洗自己的花骨
很多时候，我把罪和病
努力赶往前世
把纯和净留在今生
很多时候，一条河在此转折
我把香剥落于水
任由蛙声和民谣，开满夏天的枝骨

## 荷花的美

实话告诉你，荷花是我的病爱
这么多年，她对我半闭半开
我对她半知半解

荷花是以罪和病为美的
她的美，是年轻的鸟鸣驮出来的
她的美，是夏天点燃的，引爆的
她的美，是动荡的，不安的，摇摇欲坠的
她的美，是有目共睹的，纯粹的，不含杂质的

她的美，是孤独的，忧郁的，绝望的
她的美，是空前的，颤抖的，呻吟的
触目惊心的
她的美，是没有知觉的，没有退路的
她的美，是被观看的，被戏说的
被否定的，被质疑的
她的美，是一厘米，一厘米的
一字一句的，一个标点一个标点的
她的美是停顿的，永远停在
草字头的夏天里

# 残　荷

心残了，泪残了，爱也残了
无端的，被抽去晴，剩下阴，抽去圆，剩下缺，
　抽去欢，剩下悲
抽去合，剩下离，抽去爱，剩下恨

无端的，像一阕宋词被抽去上阕，像一副对联被
　抽去下联
像一把琴，抽去心上的弦，像高山流水，被隔离
　了知音
无端的，被抽去火焰，月亮的壳，宋词的香
留下一根孤独，孤独地
立在水中央

# 荷花，我欠你一朵诗歌

说好了，我的诗歌，你的眉目
说好了，我在一阕宋词里瘦身
你在水一方痴痴地等我
说好了，我的韵脚，细细的
轻轻的，有入水三分的嫌疑

说好了，荷花慢慢开
诗歌在荷盏里，微微醉
如果深红或者浅红
说明荷香正好
不多一分，不少一分

说好了，荷花
你只能在池塘这种宣纸上写诗

前几句，用蜻蜓的笔法
轻描淡写，止于水
止于孤独
后几句，借用月光叙事
把情感渗透，深入
直到触摸到荷花的心事为止

# 荷花：我有错

我不是有意把你逼上绝境
而是诗歌自己跳下悬崖

那天路过，看见辛弃疾，周敦颐，李清照
写给你的诗句，在荷叶上打滚
我实在忍不住了，就跑过去
摇了一下，而已

我知道，你一直生长在过去
与宋词毗邻而居，与诗经兼葭为邻
我最喜欢做的，就是和你保持距离，保持现状
保持联系，保持好感，保持新鲜
保持一颗心像池水一样清澈
并且拥有玉的质地

我是一个内心有杂质的人
所以我，怕和你靠近
怕以此伤害到，你的纯，你的白
怕弄碎你的暗香和小幸福
怕犯上一种不能自拔的，深深的罪

# 荷花：我是你熟悉的陌生人

对于一朵隐匿的荷花
对于一朵精神有着开花迹象的荷花
对于一朵笑里藏泪的荷花
对于一朵疼痛，隐忍的荷花
对于一朵内敛，饱满的荷花
对于一朵踩着淤泥向上的荷花
对于一朵有故事且厚重的荷花
对于一朵有历史渊源的荷花
对于一朵出水诗经的荷花
对于一朵被唐诗宋词喂大的荷花

## 我不可能知根知底

我只能避重就轻，避实就虚
写写她的美，写写她的罪
写写她的藕断丝连
写写她铺张浪费的情感

至于她有什么把柄握在别人手里
至于她有什么见不得人的交易
就让一朵花开，去化解
就让一个莲蓬，去忏悔
祈祷，复活，接纳

## 藕

自从下水后
你再也退不出湖
也退不出江

上半身开花，结果，与生活靠近
下半身风生水起，刀光剑影
不甘于平淡
只可惜，英雄，气短
一根爱江山更爱美人的软肋
始终握在别人手里

落草为寇，水泊梁山
剥一个莲蓬当菜
取一张连天荷叶，饮酒
说好了，不醉不休
要是遇到软磨硬泡的爱情
不用煽风点火
也会陷入具体情节

什么色即是空，空即是色
宋代的美女，仅用一根筷子
就把你的身心挑起
把你的江山挑起
船家，拿去
抵二两温酒，够不够？

## 说 荷

木鱼声声，荷花眉目尚浅
不适宜在水深的地方行走

说到爱，就开
身心都酣畅淋漓的那种

说到忧伤，就枯萎
从古到今的眼泪，在飞

说到孤独，就退
一朵花与另一朵花
始终保持一首诗的距离

说到病，就卷曲
很多的人，很多的事
不敢坦然面对

说到美，就脸红
罪，比连天的荷叶还辽阔

我只想说，我爱慕你
如绿叶爱慕红花
如英雄爱慕美女
如你爱慕水

# 曾蒙 的诗

## 情 歌

我不会住进你的骨髓。
哪怕所有的房子都倒塌,
所有的江河都遭殃。
我依然不会,不会白白去爱,
那些游来游去,游手好闲的
云朵。哪怕所有蓝天都照进你的
骨头,你拥有的芳香是稀有的金属。

我也不会去钢铁里倾听。
哪怕父亲只剩下一口烂锅,
女儿没有文具盒。
我会端来黑色的琴凳,
在那架生锈的钢琴旁,
听你色斑苍苍的双手弹奏,
那首一百年前老掉牙的情歌。

即使那样的声音我依然不爱。
我嫌弃屋前的江山,也嫌弃门后的河水。
在一块老得起青苔的瓦片上,
写下我的爱,画一幅会说话的青铜器。
我希望你能看尽人世间百态,
那些会说话的骨头,生锈的绿铜,
会记下我的脚步,我的遗嘱。

我希望你不要去摆弄桌上的烟斗,
书籍,键盘,那是我通向死亡的入口。

## 手 机

你会回来吗,当我老了,

在咳嗽与喘气中给你打电话,
你那边是无边的寂静。
无力再拨通,像睡着的棉袄,
很多年,你消失了,我摁响号码,无人接听。
看着远方,希望你从午后的过道里,
向我走来,说着话,或者无言。

你搁在沙发旁的头巾,
像一束罂粟花,散发出醉人的沉香。
抚摸自己的衣领,
那个地方有你缝补的线团,
在布面上盛开,几十年不变。
露台上,你浇花用的水壶还在,
像孩子般躲在墙角偷偷哭泣。

你留下的纸条还在,你看过的书,
还有你的拖鞋。
这一切真实而具体,
就像我,坐在轮椅中数夜晚的星星。
我的旁边,以前有你的气息,
如今已留给空气。
那些空气,如黏人的灰烬,丝丝缕缕。

我打开手机,又关上,
蓝色的屏幕闪烁,然后熄灭。

## 必死无疑

那个在楼道里抽烟的人,
必死。他与楼梯构成深夜的图景:
你没有迫使自己,
没有种植内心。没有人在十二月的
密苏里想起北威尔士。
大英博物馆对岸,站着迪兰·托马斯,

实力诗人

35

他的眼睛深蓝，他的身世凄凉，
每一种向阳的山坡都挤满了冰河。

我没有理会遥远的彼得堡，
圣彼得堡，有一个人无比地高尚，
有一个人无比地沦丧。
他的鱼肝油，忍气吞声。
他身后的飘窗，是紫罗兰，
也是莫斯科郊外的晚上。
我熟悉山楂树，却无法理解爱的彼岸。
我熟悉应急通道的灯光。

那个楼道里抽烟的人是我，
他，必死无疑，死亡如流星般深沉。

## 麦　浪

事实上，这是一个忧伤的国，
低矮的城池回荡、缠绕。
你的歌声无所畏惧，
海边，就是新九的麦浪，
还在石榴园里抽穗发芽。
那山谷的残骸，仿佛正埋藏金矿，
在下午的阳光里，
没有人来关心，也没有人来收拾。

你蜘蛛网般的凌乱里，
那些衣裙会收回大地，
还有藤蔓。你害羞的乳房，
一如既往，行走的倒影，
铜镜般的溪流，不紧不慢从村里穿过。
那些清澈的石头，紧紧按住
泥沙，不让一条鱼儿消失，
不让，最彻底的脸从水中分解。

最富裕的不是山中的金子，
而是你梳妆台前的明镜。
我们在镜中相爱，并拥有彼此。
你是弹指间的尘埃，
爱得出奇。就像山上的黄沙，
在整个村子上空盘旋，落不下来。
门外一夜的大风，
把你打扮得如芙蓉一般，看着心乱。

## 牵挂你

用一缕风声来牵挂你，
用前世所有的不幸牵挂你。
我搬来木凳，还有木凳上的蚂蚁，
屋角的蜘蛛网，灶台边的草木灰。
还有米，还有饭，还有青菜萝卜，
前世的怨恨，前世的简单，
统统排在我后面，牵挂你。

用完所有的人生，
所有人生里面的侮辱，欺骗，
还有石碑上模糊的字迹。
我用尽一生的偏执，不恭，脏话，
用尽我最后的力气，
把生活的黑暗，夜晚，明亮的晨曦，
统统排在我后面，牵挂你。

牵挂你脸上的皱纹，
牵挂你不死的决心，游过树里的汁液。
那是爱的汁液，也是苦与难的汁液，
一滴一滴，流到地里，
遍地都是黄金。我在噩梦里惊醒，
也在下一个美梦中抱着你，
新九，每个边角料都认识你。

每个边疆都无法扶正你，
那天边的楼梯正通向迷离的魂灵。

## 无边的故国

你有柔情的茶叶，我有紫云英的
颓废，在青草边，有无边的黑暗
袭击铁里的钢铁。
我爱过广阔的中国，
惟独没有爱过树下的瓜果，
没有爱过瓜果边的茉莉。
那些兰花花一样临近的田埂旁，
我柳絮般接近虚无的祖国。

没有独立的理由，

没有更新的床，床上的窗花，
灯影里的清朝埋伏着民国的女子。
那甬道里，没有起码的弯曲，
也没有灯影里消瘦的清明。
惟独我没有爱过你，
红叶中的故园，被辞退的废墟，
绵绵群山，怎一个愁字了得。

我捡起一块瓦片，露水中晃动的
江山，是如此前功尽弃，
如此脆弱不堪。我清理门前雪，
也打扫瓦上霜，没有一片落叶
成为你的邻居，成为你的累赘。
我跨越大部分逝者，大半个市镇，
只有大雁，在向南低低地飞，低低地飞。

## 淡如菊

用一半的咳嗽，
用来报答不着边际的气候，
不着调的青梅，不讲义气的
盛夏与凛冽。一半是火焰，
一半是严寒。
另外是整个淡如菊花的苍凉。

用半个身体，
探出门外，看夕阳下的山梁，
我亲爱的苞谷使劲地摇晃，
惹得我泪眼婆娑。
像一个老人，孤苦伶仃，
时刻漂泊在人心不古的海洋。

用半个人生，
光顾那些失恋的银手镯，
在约会的地方一再错过，不管什么理由。
后面的马蹄声，哒哒地从空无一人的
古巷中失意地远离，消失。

那从诺言中站起的蜡烛再次被生活所灭。

用最后的时光，
去见证河边的错误，那些措辞委婉的
遗照，是否能容纳更多的烛光。
岁月的腊梅下，错综复杂的香气，
既寒冷又热烈。在花影中，
独饮一杯，满脸坏笑啊，一身惆怅。

## 是　谁

美得一塌糊涂，这是美的行刑队。
连花朵都有了死的决心，
我习惯了米易，也放弃了树枝。
那在街角边竖起的遮阳伞，
巨大无比，压迫着楼梯。
甚至开始延期，河边的堤坝，
明显超出预料之外：斗气的桥边，
在水果摊边开始写字。

这是美的合唱队，在任何美的山崖，
都有空气随波逐流，就像海边的
青苔，密集地聚集在人生的岸边。
有多少海浪，就有多少升起的旗杆，
什么都还来不及改变。
那里是好望角，也是马六甲海峡。
我们的军舰，一一通过，
却失去了意义。

我抛弃楚辞，也炸开青铜器，
一座古老的城池立即变成废墟。
那虚掩之门虚位以待，
登岛的汽笛拉开了器皿。
我在自己的屋子里，临窗而立，
暮色四合，仿佛纷乱的人世离我远去。
黑暗之中，是谁，是谁，
又是谁，抱着自己的身体，在雨中奔驰。

# 张怀帆 的诗

实力诗人

## 长安，地下铁

悬铃木的落叶次第飘下
慈恩寺摇响秋天渺远的檐铃
清晨，秋蛩集体噤音
渭水涨了，但水面安静
行船，是昨夜梦中的事情
不会有朱阁绮户和竖写的小楷
雁阵不再传书，但秦岭之上
想来该有几行风筝
酒巷不深，主人依稀有秦俑容颜
酒碗尚余古风，临窗
把秋日的一个下午
坐深，坐得孤独
回时，钻进去坐地铁
向下，恍若历经唐汉秦周
旧朝的街市和幽魂，止在土里
还是独自繁华
一列穿城而过的器物
能载得动几许烟华和旧梦
钻出地面，仿佛披了一身
隔世的尘埃，街上的移动物
有陌生的面孔

## 长安，没有月亮

乌鸦哑默地栖息在老城墙上
钟楼的钟，由一只老蜘蛛看护
护城河的淤泥泛绿，一只蚂蚁
可以轻易完成偷渡
这座城的哪里，还深藏着
一本正经

不要以为这是一座老死的城
应有尽有
政府大楼，银行，城铁，商贸大厦
岗哨上，一支闪着寒光的枪
市长，蚁族，男欢女爱
残疾人面前的钵里，一枚孤独的硬币
但是，你会发现少了一样
比如在中秋之夜
到处是琼楼玉宇，金浆美酒
甚至很容易找到宫阙，找到朱阁绮户
你尽可以举杯把酒
临风，起舞
但是你就是发现少了一样
或者是城徽
或者是一座城市的
心脏

## 在长安，寻找一匹马

渭水生寒。如果我能幸福地飘零成一枚
长安的落叶。可这是冬天
我提着自己单薄的影子，穿过厚重的霾
压低的街道，在人群里寻找丢失的

瘦马。我的骨头里起了北风的声音
一重一重茅，卷成汽车的背影掠过
原想是一根根空枝刺向凄清的天空，可它们
歪斜着盘根错节的身子，一张张阴沉而狡黠的

脸。太阳远远躲在霾的背后，像一个龌龊的
铜匠，没有雪，没有雪，只有喧嚣和我心中
一寸一寸结冰的沉默。可我为什么还要在
茫茫的人群里找？那一声马的

长嘶。在哪里，我能赊一碗浊酒？
最后一枚银币，在我长衫的衣袋里
开始生寒，我还有多少体温，呵护
裹藏在深处　闪着萤光的

马蹄铁。一匹马迷失在了长安
可我相信，它还在顺着我的方向艰难
归来。它的鼻息，它的长长的鬃毛
低下的头和忧郁的眼
当我疲惫地靠向一堵暗黑的墙
为什么像搂紧了我的瘦马的脖颈一样
忧伤

## 一只蚂蚁穿行在长安老城墙

它是不是在找出口？一只蚂蚁
在围城里旁若无人地爬行
这灰暗的广场，无涯无际的黑沙漠
蚂蚁知不知道自己的瘦小？

是的，它只能穿行在城墙的底部
因为它曾在半腰跌了下来
差点被风掳走，而它又不能离开墙
面前是人流和汽车翻滚　咆哮的洪浪

正如我想的，它停下来用触须抓耳挠腮
它在思考，甚至努力抬起头颅
随后掉头，转了一个圈
又往前走

就这样把自己走成了一个黑瘦的影子
走成了沉默，没有借蜜蜂的一桶蜜
没有借蝴蝶轻盈的翅膀。它会不会有一天深夜
在风平浪静的时刻，爬上城墙
看到一望无垠的万家灯火

可我突然有些紧张
它也许是在雄心勃勃地进行着
愚公的浩大工程，在某一个阳光明媚的
春天早晨，看见城墙
轰然倒塌

## 长安，一种乐器叫埙

一圪坮黄土附着了幽魂
仿佛从墓室里袭来的风
或者是远古的边关
或者是一片月下的坟地

在长安，后半夜
我总会醒来，耳朵中了巫术
幽幽地，听到埙
声音一定是从幽幽的城墙
单线接通我的耳道

不会再有其他人，连城墙上的红灯笼
也早已睡眼矇眬
西安是个埙，四方的城竖成洞口
我听到的，是天上的风在吹奏

这个时候，我希望城墙走过来
一个打更的人
或者钟楼哑了多年的大钟
轰然自鸣

## 找不到长安城的出口

一团霾
堵在我的胸口

风在城墙上，摇晃着红色灯笼
一群歌舞升平的醉汉
我挨着墙根走，想找一个
出口

走了很久，想找一个台阶
爬到城墙上，听一听
也许不一样的风声
但，始终没找到出口

走入围城，我像一只失去方向的
蚂蚁，看见一面酒旗在飘
走进去，迎来一个身着黑色棉装的

秦俑，他翻着厚厚的嘴唇对我说
没有我要找的出口，城外是淤泥深深的
护城河，再远
就是铺天盖地的霾

我已疲惫，要了一碗老酒
把自己弄倒

## 长安一年

楼间远近又起了炮声
有的绵长隐约有的干脆清晰
烟霭里的长安，麻雀提着身子
又瘦又黑，却仍有亮晶晶的瞳仁
房前，一只灰鸟已在树上筑巢
只看见飞的影子，听不到叫声
屋后，两只没有主人的猫形影不离
毛发不整，相依为命
长安一年，去曲江寻花
到灞桥问柳，明晓了通往终南的捷径
天上已不亮唐朝的满天星辰
地上也不遇李白一样的诗人
只识得了一个巷子，瓷碗的酒
斜阳和拖长的身影
长安一年，惯看了秋月春风和满街美女的冷脸
居大不易却淡然枯荣，谁会在某个长亭

执手，凄凄满别情
漫天飞雪，一座面容苍老的古城
十三朝的尘土落了一背，扑之不去
天地茫茫，谁在远处低声地
唤我

## 长安，谁还在骑马

纵有一匹良马
也不学贾岛，春风得意
把长安花一日看尽
要像崔护，去探望去年的桃花
盼望比他运气好些
山居前，人面依旧笑春风

实际上，我只能
乘车来到南山，并且不打算采花
而是和一帮文朋酒友
吃农家乐，放肆地聊女人

有一瞬间，我从喧嚣中安静
窗外，一树生动的红杏
闪过一个骑马人的身影
仿佛置身的地方是杏花村
刮过来，长安的春风

# 唐毅 的诗

## 难得糊涂

我是喜欢板桥先生的
学他写字，还想学他那样做官
现在字是写得清秀了
做人也清白，但看四周依然如雾里看花

但清白不代表清醒
有时也会假装糊涂，甚至是真的糊涂了
兼济天下也仅限于纸上
或者就隔一片雾，什么都不看

## 虚 惊

白天听同事们说房价又涨了
我在自家的电梯公寓夜读
毫无征兆的梦。我梦见自己睡在了空中
真是好一场虚惊

楼上的邻居搬家，搬走了我家的屋顶
楼下的邻居搬家，搬走了我家的地板
一张席梦思格外醒目
只剩十七层雾在那里硬撑

## 香 火

山门、石级、长廊。庄严的建筑
庙宇之威仪如帝宫
富贵者求其能够福及子孙
而更多的衣衫褴褛者——只求温饱

点燃香火。人们面若桃花

端坐庙堂的塑像也有些脸红了
被朝拜这么多年
是不是该先予人温饱，再赐人富贵呢

## 种花的人

每隔几天，就会来一位种花的人
为办公室的植物浇水
有时施肥和修枝亦一并进行
他总是轻手轻脚，轻到几乎没什么声响

每一次想和他说上那么几句
刚要张口，就只见一个有些佝偻的背影
一位种花又租花的人
如此小心翼翼。可我不是植物呀

## 空

空的不只是一扇门
天是空的。不过是有一些石头和泥团成的星
悬在一派虚无里
如果把地洞穿，也会掉入空中

好在地大且厚实
不像世道人心，总是时满时空
但只要不去想——诸如此类不着边际的事
还总是感觉堵得慌呢

## 皂角湾

树是随处可见的
有柳三变，还有桃三变
但红了的桃和绿了的柳，不及一棵皂角高

亭亭的冠像是遮住了半个山湾

而我将在这个山湾里
闲来读书、观鱼……去邻居家串门
顺便捡回皂荚一二
洗头、洗心，然后干净地走在他们中间

## 迟 到

山湾里的村民已经等很久了
我感到很不安。虽然这是有组织的帮扶
为什么不早一点来
不同庄稼需要的雨水和阳光一起来呢

看到干涸的塘连雨水也存不住了
这可是村庄的精灵啊
能够让彼黍离离，竹树倒映
我又能否自迟到的袖口挪出几许阳光呢

## 端午纪事

奶奶一边包粽子一边喃喃自语
我给你们豆沙、腊肉，还有糯米饭
勿伤屈子！他可是好官啊
她的念叨像梦境一样漫长

我很惊诧于奶奶的这一番怪异
没有旁人，她在和谁说呢
长大了才知道她那是在同水族说话
可吃粽子最多的还是我们

## 伤心春卷

此伤心非彼伤心
不为赋新词。就连雾锁长睫的婆娑之泪
也不带半点矫情
一脸苦状，其实是快乐在飞

这是在"冲"的作用下
一种街头小吃。没吃过苦的人想要吃苦
在摊前排着队

体会世间——此番真正的悲喜

## 前 夜

短暂的静。也许风和日丽
也许山雨欲来
所有的因即所有的果
早已经种在——星星眨眼的那一瞬间了

该有的预示应该都有
童谣、水流声……不寻常的动物搬家
也许只是一棵树
树欲静，而风不一定会止

## 围 观

大街上一群蚂蚁
在搬运：诸如弹簧床、牛奶、书等日常用品
超市张开其血盆大口
很多人排着队进进出出

对于下面发生的事
浑然不觉。一只蚂蚁扛着一大片面包
都有些撑不住了
也是几只蚂蚁过来围观——好像还喊着加油

## 寒 露

清与冷的果实，挂在空气里
玻璃门户的一层雾
谁用指头在那里涂鸦，居然自成一体
昨夜？还是刚刚走开

鹧鸪的"咕咕"声略带颤音
被叶露打湿的巢
也未窖藏几颗桑葚。一醉也是可以驱寒的
却让稻草人觉得好笑

## 一个下午

这一个下午乍寒还暖

搁下两行断句，接待来访的一位客人
我不是那么喜欢口头表达
也许自始至终，都停留在寒暄上

这一个下午我是听众
听人自言自语、自说自话或自我吹嘘
我看见许多马匹没入时间
而雪后的峰峦，却不时露出头来

# 一米阳光

再远不一定看得见
一米阳光可以照彻的
是我的周遭
而我的周遭，需要理会的人实在太多

比如寒门学子，孤苦无依的老人
还有前来投诉的弱者
他们都说
我的倾听真诚，我的愤怒威武

# 红树林

海边的城市都颇显高。进入深圳
红树林里的树还不见红
海水似卷秋雪，城市稳如磐石
我在此岸遥想彼岸，只有云水可以逾越

那就只看此岸的杂树与繁花
却见一只海鸥远涉而来，在乱石间觅食
并不时抬头，像是在问我
一条香江怎么会有那么多铜臭

# 红处方

秘不示人的红处方
其实没那么复杂。仅有几味
是可以治病的
比如紫苏、连翘、木通……这些名字都很好听

不过确诊至为关键
比如适当的户外运动，清洁的氧和畅通的呼吸
也是可以治病的
就像女娲娘娘，把天都可以补上呢

# 夜 宴

城市的夜晚华丽如水
笙歌起处，昼未央
小楼胭脂杂着酒痕，曼妙之舞间以高谈阔论
许多金色的秋波在暗中传送

白鹤亮出了翅膀
杯盘狼藉的丛林，熊在出没
大街上一位环卫女工
清扫着落叶。宴饮的欢声却仍如花枝乱颤

# 割 谷

所有的土地，都是值得膜拜的
从抽穗扬花到谷熟弯腰
收割正在庄严进行
我想到了禾，想到了远在唐朝的一首诗

《锄禾》或《悯农》近在咫尺
春种秋收一直这样
我看到了桑，看到了田埂上站立的浓荫
还有几顶草帽和一缕炊烟

# 猕猴桃

此前仅吃过那么半枚
先是觉得不那么好看，尝过又不那么好吃
今天又买回一篮子猕猴桃
那是我家美美——她喜欢吃的

小乖乖聪明似猴
难不成猕猴喜食的桃，她也觉得可口
当我疑惑地再一次尝过
方知此前大谬。猴子是聪明且诚实的

# 梁尔源 的诗

## 搁在故乡的月亮

那夜，背靠瓦蓝的天空
想从通透的明月中
描绘故乡的心情
刹那间，一道流星划过
月亮让我错过了
她投来的眼神

草垛子又码高了
月亮的坐垫越过头顶
我在禾香中亲吻着银河
小花猫猛地从垛子里窜出
山顶上的故事都
从星空中溜走

傍晚，月亮邀我打扫学堂
嘈杂的读书声
被寂静的夜空吸走
银光漂白了校园
我在纯净中
翻出了刚入学时
那张白纸

## 火车票

寒暑假，火车票是
妈妈攥紧的翅膀
我的脸贴在车窗上
车外美丽景色
被一缕白烟涂抹

火车驮着娘俩从小镇到
父亲的矿山
又从矿山拉回小镇
遥远的路途中
无数的山峰在改头换面
只有父亲光秃秃的脑门
依旧像故乡月亮的笑脸

老火车退伍了
那张发黄的旧车票
珍藏在玻璃板下
它是我天真记忆的磁卡
经常在我的梦中
刷出呜的一声长鸣

## 手抄本

那晚，聆听你的那首诗
月亮也悄悄坐在我的身边
诗句吐着含羞的腼腆
我如痴如醉
被罩在你的碎花裙里

真想珍藏你的那首诗
在林荫小道上
捡到你丢失的一个标点
那潺潺的小溪流水
没能冲开久闭的心扉
把你抄写了一遍
竟忘记了你那忧虑的瘦脸

在严冬收藏你的那首诗
那浪漫的雪花，一片片
把梅花割舍

春风送来你醉人的一句
我茫然不知所措
不知是撩人的桃花
还是苍白的梨花
打开手抄本一看
原来收藏的，竟是
那棵摇曳的小草

## 喊槐花

五月
站在高高的山岗
喊落满树白雪

在齐眉高的树脖子下
喊出十里芳香
喊出潺潺溪水中的
两个稚嫩的倒影
喊出那大水牛背上
翘着的小辫

在满树摇香的岁月
对着南下的列车
想喊回你北归的魂
朝着那灯红酒绿
想喊出你的清纯如玉

腊月十八那天
那痴呆呆的泪眼
望着那渐渐远去的大花轿
没喊回你的留恋
没喊飞那块捂着娇羞的
红盖头

## 乘沪昆高铁有感

在时空的隧道里
体验一个真实的童话
一位老人在太平洋小岛上
埋下的憧憬
三十多年的矢志不渝
一个东方巨人

用风驰电掣的速度
夺回那些擦肩而过的时光

坐在光阴这支箭上
感受到的是
探月火箭腾空的宇宙速度
眼前掠过的是
天河一号运算中的节奏
就像一头狂奔的醒狮
嘴中紧紧咬着
二十一世纪的梦

从唱着离骚的江边出发
飞驰在历史的轨道上
掠过的山影城廓
酷似唐诗　宋词　元曲的身影
总想挽留已逝的美影
用尽全身气力
也没拽住那狂飙的风

## 掉进宝峰湖的月亮

很深很深的湖水
怎么也拽不沉
那轮飘着的月色
烟笼笼地罩着
山影影簇着
在一个童话中
扭扭捏捏地撒娇

凉得透骨的水
浸泡着这轮乳白
在秋风中打嗦
有几分战栗，几分孤独
那深闺中的胴体
更显冰清玉洁

一块墨绿的翠玉
夜色中透着诡谲幽深
月亮壮着胆子
将皎洁贴在画屏
一条孤寂的野影
悄悄掠过脸庞

恰似一根轻滑的玉指
性感地划过
少女白皙的胸房

这静谧灵秀的
温柔

## 情迷茅岩河峡谷

船在陡峭的峡谷中
似一把玻璃刀
从清澈光滑的镜面上
缓缓划开,拉开了
一个少女上衣的拉链
窥视那深不见底的诱惑
幽静中,似乎
听到了鱼儿的喘息

把两岸皱褶的岩脸
摁入水中
洗刷掉亿万年的苍老
泡软那铁石心肠
挂着温情万种
用情郎的笑窥视对岸
倒影是如此英俊

将松软的云朵
扯进这舒缓的碧波中浸泡
想浣洗它的空虚飘渺
真没想到,在水中
她绽放出少女的腼腆
装扮着性感隆起的小腹
和起伏的双乳
我的梦一头扎进湖中
静静地拥抱着

## 芭茅溪盐局
### ——瞻贺龙闹革命遗址

一百年前的那条野径
捆绑着一个挣扎的世界
从洪家关走出
二十一个掘墓人
黑暗中掀开
那个几千年捂住的黎明
向北,向北
寻找那天边的七星

那是大山压抑已久
的火种,照亮了
天穹下跳跃的星星
在神州大地
漫漫长夜中蓄着惊雷
用排山倒海之势,点燃
东南西北铺满的干柴

推开芭茅溪盐局旧衙
忽然闪出两道寒光
我翻开民主革命
那本不朽史册
从那棵倒下的腐树上
仍清晰地看到两道刀痕
从天安门目睹那
列阵检阅的导弹,闪烁着
两把菜刀的刃色

# 波眠 的诗

## 草场之外

天苍苍
野茫茫处
仅有一只羊在低头吃草
见我走来
它停下吃草抬头向我走了几步
仿佛走过来的是一个熟悉的人

偌大的草坡被圈地的人圈走了
尽管草依然在茂盛着
但那里已成了吃草的禁地
羊只好散在各个角落
把那些还未铲掉的草吃掉

其实给它找到更多的草是容易的
像一条搁浅的船找到更多的水
但当风刮过
要抹掉它眼中无端的茫然和绝望
这是很难的

## 小型挖掘机

它挖妥了一座楼房的地基
又把一些需要的石头
用铁铲抬在靠近地基的地方

遇到比它高的电线
还得把重物落得低一点
再低一点
它的身份决定了
光洁的好路是不让它走的

趁人家吃饭的间隙
它还得偷空把料提前备好

楼修好后
要准备剪彩
一些需要摆放的花
又要用它的铁臂举到指定的高处
它说干惯了粗活
这细活还真是不适应啊

## 狗　事

一只狗嘴里叼着
一根骨头
它急急忙忙地
像是往回家走
要叼给它的孩子

走了一段路后
它把骨头放下
像是有更多的骨头
需要它叼到这儿来

但它刚一转身
就被后面跟着的狗
叼走了
它有些失落地茫然四顾
因为它知道它不仅惹不起那条狗
更惹不起那条狗的主人

## 霜　降

后园子里全是霜的白刃

把胡萝卜的叶子全都刈得低下了头
霜像是一卷带毒的胶布
它缠绕什么
什么就得受伤

尽管有火炉火炕
母亲对一场霜还是心有余悸
像塑料大棚里的白菜
塑料大棚稍有疏漏
就会有一片白菜遭受霜侵

## 刀子嘴豆腐心

刀子嘴从不隐忍
说出鞘就出鞘了
有时也像一场暴雨一样
糟蹋了好端端的庄稼
而豆腐心又替它
补苗一样把被损伤的
又一一补上

## 刷楼的人

从楼的远处看
系他的绳比蜘蛛丝还细
而他比蜘蛛还黑

从楼顶上下来
他手持滚筒
蘸着灰浆和晨露
一直在给一座楼着色

雾霾中
他从十层楼取出一支烟点燃
把挂在腰间周围将要滑落的力气
又收拢好

他是最后和塔吊
脚手架、炉子、油漆桶一起
被转移到另外一座
需要着色的楼角处的

## 一块荞麦地

幸亏以退耕还林的名义
被撂荒了
不然地力这么怯
一袋化肥
不知道只能交出多少的荞麦

这些年　荞麦虽然时兴
全都因为在阴湿的地里
开花长成
且有消肿凉血的原故
相对人们垂青的肉菜
餐桌上也能搭配着上一点

虽然撂荒了
荞麦还是自个在长一些
绽开那些粉嫩的花儿
以备酿蜜的蜂群
和无处讨食的野花
急需时所用

## 舞　者

像晾晒的丝绸起风了
在高高的架上隆起飘扬

舞者的水袖
在台上起伏游走
旋转又缠绕舞者
水袖的姿肆、变幻
让舞者像海浪中的鱼
难以驾驭自己单薄的身躯

舞者像在画符
用水袖把自己
发挥到极致
然后分娩出朵朵花环
把自己满满地覆盖

# 木 梯

前院里后场里
都借用这架梯子
有的借去架柴火
有的借去搞装修
有的去换房上的瓦
也有涨水时
搭在一条河上成为一座木桥

曾经结实　坚硬的梯子
现在变得老旧　木衬档松动
梯子的木材是上好的胡桃木
原本可以打一只圈椅
可以够得上收藏
甚至可以成为贡品

但它一直心安理得地
做一个梯子
只要有人需要
就是它活着的全部意义

# 一口井

整个村子在它那里清亮着
沙麻燕在空中飞过
影落在井中
油菜花在半坡上黄
井中也能看见
它成了村子的一面镜子
照得半个庄都一闪闪的亮

庄在高处
井在低处
距离并不远
如果井边站一个人
庄里叫一声就能听得见

都说人往高处走

水往低处流
多少辈人过去了
这庄里没多少人往高处走
这井水也没有往低处流

# 渐浅的油灯

羊放着放着就多了
河水淌着淌着就涸了
豌豆长着长着就开花了
苜蓿蓝着蓝着就出穗了
灯油亮着亮着就暗了
月亮明了一阵儿就落山了
嫂子的日子过着过着就哭了
旧桶桶里装着新蜜了
和你抬着石头也轻了

# 写 茶

茶本是仙
在山中修炼而成
一壶茶
在八仙桌上仙气萦绕升腾
在尘世的水中翩翩欲仙
舒展它精灵的姿体

茶从山中来
它弱小且固执
即使研捏成粉末
还是保持着自身固有的味道
那种涩涩的苦味中
透着曼妙的香气

其实，现在真正的好水
只是一个传说
在被不断煮沸的茶壶中
茶
仅仅从一个名词
变成了一个动词而已

## 蒸 鱼

看上去整个鱼体像草原一样平坦无痕
仿佛年少时一眼到头的人生

全身涂抹料酒去腥
抠开鱼鳃和早已剖开的腹部
沟壑与深渊，冰冷与黑暗
隐藏于生活平静的表面
每一小段都以手指细细啜饮

用刀划痕，方便入味
刀锋避开一切坚硬与阻挠
沿着鱼刺的方向游走
把握其中意味深长的分寸
前进变得游刃有余

均匀地码上薄盐
在光溜溜的皮肤上滑动
需要一边前进一边提防
每根随时出没的小刺都让笔尖黯然神伤

姜丝、葱丝分量适宜
多一分或是少一分
眼泪的滋味就会大相径庭

最后在鱼腹、鱼身铺上配菜
供上蒸笼
雪白的盘子俨然化身为一副棺椁
配菜全是陪葬品

刚刚经历了一场多么重要的仪式！
我就像入殓师

冷静准确，条理清晰
怀着温柔的情感
让一个冰冷的生命重焕生机

## 空心人

掏心虫掏空了我熬粥的豆子
掏心虫掏空了我锁在匣子里的心
掏心虫掏空了我花园中树木的年轮
掏心虫咬碎了我眼中金色的星星！
一个空心人步履蹒跚，
在浓烟滚滚碎片纷飞的暮晚背景中。
一堆垒得奇高的顽石就要垮塌，
在它以为就要触摸到摩天大楼银色双肩的瞬
　　间——

## 寒冷，一场猝不及防的情事

一夜结痂的冰面。落叶被钉上去
连同坠落瞬间的姿势，连同骨骼、信仰

我在身体的空洞中说话，而你听不到……

一夜白头的枯草。星光微蓝
记忆的骨头卡在季节的咽喉

风中依旧有人裸身而舞
有人埋着头，忙于保暖，忙于在世间发声

北斗星悄悄偏移了位置
虚无来到近前，将脸轻轻贴上窗棂——

# 飞进房间的鸟

它镇定地飞到我面前歪着脑袋
我一下子看见了毛毛虫，
卷毛头天使，小仆妇，
清亮的雨滴，棉花糖一样的云朵

好奇地绕到它身后
天啊，我看见了什么——
恶魔眼睛，牛虻子，一只废弃的灰轮胎，
典狱长，穿黑袍的神父！

迟疑着走到窗前，猛地一下推开玻璃窗——

赶快飞走吧，不然
这屋子会多出不止两具橄榄绿的尸体

# 悲　歌

让河流从下游回到清澈源头
让受伤的天鹅不曾来过
让冬季回到春季
让彩虹还原哭泣的云朵

那一分一秒失去的永不重生！

让握紧的拳头忘记伤口
让那句话说出之前已经遗忘
万物皆是虚空，阳光下原本没有新鲜的事物

让我的唇轻轻离开你的心脏
亲爱的，我们都是活着的死者
剩下的日子已经不多了……

# 末日情诗

我所见
是生活从肉身抽走的根根骨头
破袍子裹在身上

肌肤相亲之处疏漏了点点阳光

今夜
我被拥入久违的单纯
倾听来自雨滴、尘土、树叶、花草唇间
低微的吟唱

用细小的笔尖
压住稿纸下排山倒海的涌动
夜色中书写白云
等待阳光下冲洗显形

此刻你的北方
星光倒映于身体宁静的湖泊……

我的国度时常布满新鲜的裂缝
窗外是干旱、地震
初升的太阳撞见梦中尸体烧焦的黑

而你古老的山丘如鱼得水
一遍遍爱抚过自身浑圆的峰峦

多么奇妙
我们都在命运的锋刃上获得了免于死刑的席位
并成为它忠实的捍卫者与守密者

# 春日絮语

为什么急于在阳光下奔走？
我已足够坚硬，疼痛。漫漫严寒是我们的孕期
现必在天堂大门关闭前找到往生之路——
芽苞回答

你为何步履匆匆？
我已沉静一冬，想继续看看前面的路，就算又回
　　到原点
一块浮冰和人生在一起消融，我经过时正好看见
刚解冻的河水潺潺

为何在风中袒露弱小的身躯？
哦，南风是我的君主和爱人。我们必须赶在他驾
　　着金色马车
从天空驶过之际盛装出现，这以后零落成泥已是

幸福
花儿们颔首

你为何步态从容——
因为我不似北风强劲，它来时摧枯拉朽，瞬间
改变世界的容颜
我只能默默让花受孕树木醒来，让燕雀携带草
    籽和白云飞往远方
……直到天地间布满灵魂的眼睛
南风说

# 济　南

我在荷花的轻轻呼叫中惊醒
大明湖翻了个身
一块石头扑通跌入湖心

趵突泉雪浪银涛
有人在镜中窥见深藏于肉身的魂灵
微风徐来
都作浮光掠影

散淡的垂柳散淡的闲情与青春
随众泉汇入半城明湖
粼粼波光网罗凡心无数

在珍珠泉轻柔的泡沫中做梦
千佛山将巨大的阴影挤入胸腔
灰瓦白墙犹在
潺潺清泉流过石板流不过心上

在济南做一尾游鱼多好
濯净遍身风尘
静静沉入泉底多好
拥有一副通透的骨骼，疼痛，但不悲凉

# 凤凰的水

夜里有声音唤我
未及清醒
就有潺潺水声流遍骨骼
耳朵里伸出翅膀

白天，七个音符
在河床古老的额头上练习弹奏
细雨中，一些消逝之物
悄然莅临了吊脚楼的锁骨

凤凰的水时常觉得孤单
不清楚自己和亘古的雨滴、
闹市的喷泉
有着怎样隐秘的族谱

水边的人感到迷惑
被一双巨大的眼久久凝视
低头只见游人于白云中
穿行的倒影
看不清眼底……

# 长　海

清晨第一道光为雪山加冕
人间第一道波纹从心上荡开
在山顶静坐的人
耳膜被盛大的鸟鸣持续轰炸
敢于呼应的人
只轻轻一声喊
便有雪崩自晴朗的天空倾泻而下
我不相信这一切是真的
正如来路上看见曾经的国道和城池
被大地震改造成山川与平地
有一瞬，一个声音轻轻呼唤：
"卧儿……卧儿……"
抬起头，一双彩色的翅膀
扑簌簌消失在时光的密林深处

# 张小美 的诗

## 雪　夜

窗户明净，雪花飞舞
覆黑以白，覆万物以白，神在降临，神在布道。

悲伤与喜悦
都不合时宜
一杯白水凉了
寂静如同沙沙翻动的书页

一朵雪花轻易击倒我
让我卸下所有的力量
就在今夜
她在室外堆积
我在室内融化

## 明月书

明月不是猛虎，但有噬人之心。
我知道你也有。
好多次，我看见你微笑
从云层移出，爪子，轻柔地搭在窗台上
在我的床头铺就一层危险的阴影。
又回头，扑向对面的树丛
远处的山岗
所到之处，江山明晃晃
江山画卷般摊开，有裸露之痛。
我不曾真正洞察月亮的隐秘
我瞧见你
明亮有时，若手持莲花，若怀抱婴儿
你缓慢转动，大海止不住向前，再向前——
在二者微妙的引力里

星星爆炸。轮回中的月亮
再次现身
让大海止住奔腾，如被安抚。

## 绝壁之花

很显然那朵花不在这里
在这里，我已经生存
漫长又寂寥的年月。
每天我走在这里，雨雪风霜，把路
越走越容易。

有时轻而易举接近死亡，仿佛从这里
随时可以抵达那里。
无数次我在梦中攀援，踩着
自己往上爬，我看到无穷的我流血
灰飞烟灭。

我失踪在自身的陡峭里，很多年
一直去不了那里。
在那里，花儿开得越美，越绝望
它刚刚好
是我能承受的幻灭。

## 斑　马

你出现时
斑马也出现了。
它在窗外的草丛中踱步
缓慢，危险
身上的黑白条外套醒目

下午很安静，茶壶里的水

发出嘶嘶的声音，冒着白汽，
在你与我之间
制造紧张感。
我记得你脸上滑稽的纹路
越来越大
向我俯身

那是幻觉，你悄声告诉我。
关于斑马
它身上背负的两种对峙
和随时消失的可能

多年后真的消失了。

# 石　榴

盛夏已至，石榴果实饱满
每天下班我都看见它
离地面又近了些

一片葱绿之中
这颗石榴分外打眼
有时我会去抚摸它，给它拍照
有时是早晨，我匆匆经过
它好像比昨天更结实了

有一次我忍不住伸手
想要把它摘下来
哦，当我动心的那一刻
我甚至以比心动更快的速度逃开了

怕什么呢？我不知道
只知道后来
我再次经过那儿
石榴还孤零零地挂在枝头
它看起来
更接近一颗石榴了

# 回　声

一首诗能解决的问题
山谷也能解决

当你站在山顶，朝谷底大喊
为什么……
我是谁……
他迅速回答你
相同的声调，回答过无数次
相同的语气，兴许比你还完美

前几日，我曾问过一个人
如何拥有一个不存在问题的答案
仿佛悬置的风，从不可能的角度
向永不可能发问

而山谷只负责把风吹回去
这娴熟的手艺形同你我微张着嘴巴
在每一个新鲜的早晨
重复着迷茫而古老的回声。

# 深夜诵读

你让我站在海边
深夜的潮汐缓缓退去，又再次汹涌
席卷而来。海鸟在鸣叫，我——
经由你说出，在你词语的波浪里起伏
你说出什么
我就是什么
是宽阔海面上盛大的虚无
也是最小的一粒沙子，
含在你的唇齿间。
我一定是故意的。让你疼痛
声音沙哑。
你和你的疑问站在礁石之上。
而现在，海风在吹
掠过我时拥有了双倍的疑问
因为无知，我缄默
我爱这片海域但没有出声
幸福与痛苦的来源，
它过于复杂。
你曾制止过一次飓风，一场海啸。
但同时，你又是它们。
风暴已经平息了，
你知道的
我们都曾被它抚慰。

## 白　露
### ——兼致狐狐

现在，天空里的蓝逐渐变淡
晚风柔和，从高高的松树顶一掠而过
抵达的过程中已消弭掉
凛冽的部分。

住在城市边沿，傍晚的散步
大约与落日的轨迹一致，
总是走向荒凉地带。一泓深水
刚好安置余下来的寂静。

我们曾有人群中的欢乐
如同夕阳，也曾高举狂野之心
那日复一日的炎热像是对万物的掠夺
也掠夺尽自身。

检点身边的事物，山水沉默
给予我一次远足后的奖赏。
有时一个人走着，暮色如衣服
披上去了，就取不下来

## 秋天的栾树高举着火焰

我又称呼它
蹦跳的小心脏
每阵风吹过，我都会听到怦怦的声音

在栾树的千万颗果实之中
如果有一颗是你
另一颗一定是我

整个秋天
我无法将视线从它身上移开
在高处，天一直蓝着
阳光灿烂
我从树下经过
仰望火红的花冠
仿佛看见有新的我，从旧的生长出来

## 雨

大雨滂沱。可能没有机会了。
雨水一滴接着一滴，在窗户上快速书写
还没来得及惊讶，阅读，亲吻……
夏天已经过去。

昨夜确实有一个梦
长满深草
一辆火车从雨雾中穿梭而过
来到我缓慢的清晨。

你不可能洞察这一切
这么多年了
我已经习惯于看到在雨中缄默的事物
迷离的玻璃
克制的路灯
隔着雨水，与时间。

# 许玲琴 的诗

## 无用的时光

无用的时光是看花的时光，是低头看流水
抬头看日落的时光
是与青山对峙的时光
是相互把盏的时光，是对着云朵
写诗，是钟情的时光
如花香侵入骨头
成为身体的一部分
有用的时光是剥离的时光，是抽刀断水的时光
它经过生命，其实是往别处
无用的时光是被月亮凝止的时光，是慢时光
是你看我的时光
它蜜样反复流淌，像爱，不说厌倦

## 村庄被一头牛牵着

四野静寂，牛溅水的声音
七月更幽静
时光在绿里陷得更深
这是牛最惬意的光景
吃青草、反刍不是牛的幸福
就像我们被迫一日三餐
只有劳作的空隙
在这清亮的潭水里
在蓝色天空的梦幻中
牛才完成了它的精神阅读
牛和祖父、土路一起消失了
消失的还有清亮的潭水
以及一代人的成长史
乡村正被一头牛牵入绿荫深处

## 幸福就像银手镯

把发亮的日子
戴在手腕
反复听，反复看
我在想，它的面容如何
如满月
泛着安详的光泽
藏在颠沛流离的布袋里
经历多少人，多少朝代
欲望的青蔓始终缠绕
圆满，是它最后的归宿
它饱满知足
只贪恋一只手腕
当我把它贴在耳朵边聆听的时候
世界瞬间安静了

## 每天早晨都会捡拾落叶

不要怪岁月，到了该落叶的时候了
落叶到处可见
枕头沙发边
最多的是卫生间
我蹲下来，并不是一片片地捡拾
用手指在它们身上画圈圈
它们就会迅速卷起
像一个个慵懒的人
突然抱紧了自己，缩成一团，彼此相依
它们也知道模样可怜
抛弃的命运不可更改
它们曾经也是茂密森林里肥沃的一片
我凝视镜子

森林日渐稀疏
幸好还是乌黑
除了鬓角出现银针
像突然遗下的一小截光线，有些刺眼
我也知道这些头上青葱的岁月
不是飘落，就是变白
别无它选，日影偏斜
幸好还有明月来相照


## 那些雨水是逃亡路

我不知道有多少事物
循着雨水的路逃亡到人间
就像我不知道，人间有多少美好蒸发
逃亡进行了一整夜，早晨还在继续
我像一个看电影的盲人
影像被隔在窗玻璃之外
我用耳朵捕捉逃亡细节
各种声音炸响
让逃亡显得紧张、杂乱
如果我打开窗户
会有一窝雨挤进来，请求庇护
像人间的魂灵搭一缕烟逃到天上吗
应该是一些厌倦了的云、星子
还有一些我们不知道的天上的事物
它们相信人间的神
江河为圣地，草木都是教堂


## 我迷恋上植物，还没有迷恋上你

多年以后，我说出这句话
是不是满腹惆怅呢
我还迷恋上诗歌，依然没有迷恋上你
也有这样错乱的时候
当我被植物和诗歌的颜料交相印染
心有了一块棉布的柔软
我以为已经迷恋上了你，你就是打着伞的书生
从断桥那头走来
以为江南是我的，那些烟雨，那些花朵
其实，江南是所有人的


## 八月，如此静谧

整个下午，她写字画画看书
希望被打搅
声音、色彩或者气息
太阳围成金色的篱笆
却没有木槿花的脸晃动
她走不出户外
心中的清凉无处安置
窗外的一棵杉树隔着玻璃没有动
风也似乎藏匿
整个下午，总算被蝉打搅了
当她在沙发上醒来
听到耳膜被敲击的声音
但是如此微弱
像一个迟疑的人，终于举起了细长的手指
盛夏已过，秋天如此单薄
八月，再也弹不出高音

## 被一场雨叫醒

我无意描述这场早晨的雨
它却成为早晨的一部分
它也无意成为我的一部分
却把声音和气息吹了进来
早晨，雨，我
三位一体，构成了时光的一平面
被秋天的丝绸轻轻擦拭
以往的鸟声虫声呢？那些安静的时光
被一场不由分说的雨赶走
或者它们深陷雨的漩涡
那么多雨裹挟而来
就像红尘滚滚


## 我愈来愈喜欢……

我愈来愈喜欢穿棉麻衣服
戴银镯子
青丝留着，不剪去

我愈来愈喜欢
与植物互生情愫
用一首诗
储藏蜜，和雨水

我愈来愈喜欢三两知己
心生欢喜
我愈来愈喜欢不相见
只传递尺素

我愈来愈喜欢你看我的眼睛
有天空的蓝

# 桔梗花

## 1

把时光蜷缩在蓝灯笼里
她有自闭症，有蓝色的忧郁

轻风来治疗，吞月光的白丸子
她打开一角蓝，两角蓝

就像一个人拥有身体和灵魂
而灵魂的花朵不轻易开放

"爱了，灵魂就出来相见"

她的身体是蓝色的花瓣
心也开出纯白色蕊
五角蓝打开，五个窗子同时打开
不是最美的，最美的是两朵花的相见

身心俱开放的时候，多么幸运遇见一双眼睛

## 2

桔梗花这么干净

在八月呈现

蓝得新鲜，白得新鲜
时光可以掐得出水来
秋，已坐在松顶上
被一只白鹭驮得更辽远
它们的日子才刚刚开始

桔梗花为什么这么干净呢
在这荒山，在这僻野
独自华丽着
偶尔只被一两个人撞见
洗涤看见的眼睛
风把它小小的香气绕来转去
像要包扎灵魂

只有经常洗涤内心的花朵
看起来才干净、芬芳

# 青 桐

这个秋天，抱琴而来
等待一双手指，弹拨
遇见你很迟
如切如磋的君子
身上散发着玉石的光泽
眼神温煦，藏着一抹秋阳
暖而不灼人
秋雨梧桐，你也有愁么
宽大的手掌更像是黑夜的抚慰：不怕，不怕
等待在那儿，碧衣绿裳
不说话，只是微笑
等着我绕道走向你
等待让时光更加碧绿
让黑夜气定神闲
爱上一棵树，我唤它"青青子衿"

林馥娜 LIN FU NA

　　诗人，评论家，二级作家，《VERSE VERSION》[英]编委，广东省作家协会诗歌创作委员会委员，广东文学院签约作家。著有《旷野淘馥》等诗歌、理论、散文集多部。作品散见于国内外多种刊物及选本。主编《大潮汕女子诗选》（合编）。获首届国际潮人文学奖－文学评论奖、广东省大沙田诗歌奖等奖项。

# 我带着辽阔的悲喜

·组诗·

## 自我—他者

我把所有人当成另一个我。所有的我
行走着迥异的人生与相同的世道

有一个我遭遇暴雨
就有一个我邂逅晴天

这庞大又纯粹的我，宛若一首诗
快乐是一个词，悲伤也是一个词

每天，我用我的矛试验我的盾
以精神的远游行刺麻木的肉身

我带着辽阔的悲喜和一无所碍的心灵
带着无处不在的束缚与自由

在一隅之地闻惊雷
于万顷纷乱入清幽

而我，只是万物中最卑微的一员
不过是荼蘼的一缕经络，大千世界的一粒幼沙

## 娜拉—穿越剧

此刻，你于剧中
而不在几米的拐角，迟疑向左或向右

以柳絮的浪漫，穿越的潇洒
预演出走与守旧的命运走向

当所有的合理推演慢慢过片
你是否会发觉，这世界从未改变

街上、房子里，充斥无数的娜拉
只是她们的眼里多了一种末世的迷茫

## 怀念—相对

有些怀念，始于相对的一刻
此时的私语，暗结的沉香

"你一切都要好，知道吗"
一句话，已然揪心

你将离去，离开你的热烈与纠结
放下也许是内心安然的开始

往后的日子，将如何
一回首、二回首、再回首

此去渺渺，渴望已久的流浪
仿佛诱导着你，用行走去检验一个真理

抛开破败的人世
草木又绿于大地

## 惊春—瓦上花

### 0

追杀的岁月停不下杀手的脚步
鲜活之物终化成酸馊之泔水
轻亵冒犯与绝地还击似乎是一对情侣

我心负创伤，表情冷酷
眼前晃荡着腐败可憎的现实
与空洞无趣的表演

时间的切片布满虫洞
一个个空无的起点与终点
哪些是我们不忍切割又必须切割的

我仗剑前行，可我
抵不住恻隐之眷念，惊春的葳蕤
而骤然驻足、回望

回望鸟儿播种的瓦上花，高擎的火种

回望那梦想构筑完美世界与
曾经痛哭或傻笑的时光

并再次偏信，阳光有它温暖的味道
而非螨虫燃烧的气味。又一次将一切
宝物般收藏

### 1

事物如秋叶年年凋去
还有多少未经历练的人生

无从揣测。在懵懂初开的日子
女人在生活里赶场
倚在摇摇欲坠的公车上瞌睡

她像祖辈、母辈一样躬身劳作，贴地行走
而女人的翅膀
尴尬地拖在身后，成为拖泥带水的无用之物

密密麻麻的行迹
一行行，深深码在心里

### 2

她不认识这样的自己
只有劳作，没有理想
踏水而舞、凌波而歌的自由，只是偶尔的梦想

每天，拖着麻木的身体
穿过大半个城市
滚动着世俗的欲望和自强的躁动

每晚，在身边沉沉的鼾声与婴儿香气的拥抱中
安然入睡，就像漂在水床上
忘了骨头的酸痛

梦境里深情的顾盼中
她踏歌起舞，白羽舒张
于无澜的水面，击起涟漪阵阵

### 3

遨翔的海鸥

像惊蛰的雷电
叫醒沉睡的风声

而红树林仍继续它一贯的沉稳
就像电影里的风景
以背景的静穆，挺立在主角的身后

深扎的根，放飞朝向天空的枝叶
沿着未可预料的前路，一寸寸突进
镜像里的飞翔也是一种飞翔

## 4

身为女人，因被歌颂为伟大的孕育
与宁折不屈的傲骨，而失去事业

切骨的寒意往往由人的嘴里吐出
失业的主妇，已然成为一条令人生厌的寄生虫

顶着来自高压线阵的阴影与深入泥土的刺痛
女人必须隐忍着，不发出受伤的尖叫

一些女人，用灶台和忍让将一生消磨
蒙昧地演绎古老的悲欢

一些女人，饱含着核能无法施展的痛苦
清醒地经受宿命的磨砺

## 5

吾乡吾土，我们被鸟儿放飞的
灵魂
将于何处落脚

旧草垛边，熟睡的孩子满身泥土
仿佛一堆拱起的麦子
让人忍不住要匍匐掬起

老妇在夕阳下
重建可供反刍的过往
鸡犬相闻与作物拔节的萌动已失去它的乡村

青壮年决闸而出，拥挤、推搡着
跌入时代的漩涡

流水兵在工业线上、在铁打的营盘上疲惫转战

没有寸田的留守
只剩下锈蚀的镰刀和空荡的屋顶
任谷雨的天水，如豆子沙沙溅落、流逝

## 6

对于偏执者
贫穷令其野蛮，富贵使其狂妄
礼义与他们之间耸立着一场灾难

世界必须接受他们烂醉的癫狂
与毫无来由的发作
仿佛整个人类都是他们的债户

而人与人之间的墙无法推倒
一些爱的力量已在长年里耗尽
满眼是累月的沧桑。灵魂的打捞徒增悲伤

在昼夜不息的摧毁中，许多圣贤的身影
慢慢地淡了，淡到远山里去
底线崩坏的末日不可避免地找上门来

## 7

活在时刻发生煽动的国度
有时为存活、有时为堂皇的爱国
疲于奔命

我们头脑里塞满信息的浆糊
满脸得意地转发貌似正确的微博，仿佛
在传递某个惊大的真埋

而我们不得不承认
变出来的炫目戏法，还是原来的道具
与小丑的博笑并无二致

国际观众早已退场
只剩下打砸过的残骸废渣
袒露出暴力仍未消尽的余响与无知

## 8

一只雏鱼鹰嘴里叼着一条小鱼

它们圆睁的眼，就像彼此的镜像
湿漉漉的清澈
两只紧抓着苇秆的长脚
撑起水里的天空
它们打量着彼此及对面的世界
仿佛僵持着
想不通是要将对方举起还是放下
天上的水涡和水里的云朵也屏住了呼吸

## 9

比山崖峭壁更跌宕的现世
如何立地成佛
背负各式房子的蜗牛被压垮在高速路上

施暴者、虐婴者露出无耻的厚颜
难以用诠释和理解融通的心肠
缺失了灵魂的哪一缕幽光

人们摩肩接踵
在网络、在景点，在每一个可有可无的场合
同时又亲友四散、内心寂寞

一把意欲拂拭天下的拂尘
淹没于灰霾弥漫的时代
诗行如禅，蜿蜒潜行于近视与远视之间摇摆的中
　　年

## 10

茶水烹调的日月，活得过于清醒
胸怀辽阔的悲喜
而又跳不出一隅之局域

"皮之不存，毛将焉附"
似乎没有人需要答案
谁能举刃自行解剖

必须使自身成为一片旷野
让尘埃在幽微中下沉

宛若晨开晚凋的太阳花
以一种紫莹如云的丰沛
肆意绽放，安然谢幕

一个人愤怒，一个人归宁
衵怀承受生命的风流云荡

又似一棵棒叶不死鸟，落地生根于高瓴
打望着茫茫的天高地阔

## 清　明

约好在清明节，我们好好做一场爱
从早上到中午，再从中午到晚上

不给凄风留下一丝缝隙
不给苦雨疏漏半点空间

让做撕开经年的悲怆
让爱堵住疯长的墓草

屏蔽菊花台、白烛泪、英雄魂、故人影
覆盖脚步踩在泥泞上的滋滋声

这样的力度够不够，够不够

## 桌子上的梨

那只梨搁在桌角
桌子是圆的，梨是完整的
他一直不肯开口
正如她一直不愿
把梨切开
嫩黄的果皮
已随着暮霭一遍遍暗了下来

一个舞台上的女人，在幕布后
审视自己沉积而成的梨形身材
曾经的你侬我侬
画外音般的存在
孤独是最真实的内容
隔着一张桌子的距离
他们之间天地玄黄，宇宙洪荒

## 未 来

我们终于有了鸳鸯之实
而非徒有其名

同用一孔穴，共享一方牌
以如胶似漆的形象接受儿孙的缅怀

再也不顾及游离的灵魂、异处的肉身
冷暖与爱憎，伤害与恩泽

看啊，雨不停地下
芳草掩埋了落红，美德镀金了沧桑

## 民工兄弟

哥哥运淤泥的野鸡车
往返在午夜后的街头
不听话的泥沙一路哗哗的撒
天亮后一定会招来城里人的骂
为了早点干完活
哥哥和弟弟
把一车泥垒得比山还要高

哥哥的车在街灯下
颤颤巍巍往前晃
弟弟仰在泥山上睡着了
松软的泥沙托着他
就像回到了一直想回的老家

倒完最后一车泥
哥哥掉头往回赶
三个钟头后还要去干活
再过九个钟头，还得送弟弟坐火车回家

弟弟？弟弟呢?!
想到刚刚卸掉的泥山
哥哥的身体在发抖
哥哥的世界在塌方

扒开一层层的泥沙

弟弟静静地趴着
就像在母亲怀里做着甜甜的梦

## 忘了此行的目的

喝酒吧，我没有阻拦
甚至想说你就醉吧
互不理解，据说是离婚的原因
两个人又如何达到真正的理解呢
我不明白。但我必须安慰她

你是一片孤独的叶子，他也是
我们都是世界上惟一的一片
磕磕绊绊挤在同一棵树上
也许是为了能在冬天互相取暖
而夏天太热我们又想飞到秋天
自己的灵魂都掌握不了
难道还想操控别人的内心吗
能付出的我们就付出吧

她说吃多点，美人鱼
我便埋头吃饭
愁也许是酒可以浇熄的
丢下一桌残局，我们分头回家
路上没有行人
有的地方很黑
忽然觉得自己更需要别人的安慰
于是想起漫画家朱德庸的话
"一切都是可笑的"

## 渔 大

网里一条半人长的鱼瞬间被他抄起
鱼拼命挣扎，几乎失手掉回水中
他一手将它按在船舷的木板上，一手抄起木棍
"扑、扑"两声敲在鱼脑袋上，鱼便乖乖躺到秤
　　盘上
量重估价，开炉放水，鲜甜的肉片在游客的赞叹
　　声中消失
留下的是几张钱票和满身的鱼腥味
他乐呵呵地笑着，不知是因为赞美
还是因为那除去税款和水域租金后所剩无几的报

酬

不捕鱼的时候，他蹲在船头哼儋州谣
目光深深地潜入水底，据说这里有某些朝代的宫
  殿
船儿们都得小心驾驶，以免碰上某一个飞檐或屋
  角
或者撞破苏轼当年印下的蜃楼光影
当鹰和鹭斜斜地掠过头顶
他的手总会不自觉地抬一抬，也许是驱赶也许是
  飞翔
偶尔，他会半蹲在床沿看熟睡的渔妇
就像看着水下宫殿的睡美人


## 抚琴的女人

没有人告诉你可以和兀鹰一样展翅
飞翔不是手指，乐曲不是和弦
G调和C调，拉不动后花园一片温润的虫声

抚琴的女人，怎么在一个夜晚
把季节扯得如此苗条
你的影子你的声音你的气息纷纷陷入
巫山背后的云朵

沿袭一曲老调，想着如何咬紧
两个调子分叉的脚步，而两座城池
再也无法回响同一种怜悯的音符

沿袭一道浅水，抚琴的女人
用琴弦锁住年华
低回婉转


## 肥女人

这辽阔硕大的肉体
肥美的国土
以从容得近乎慵懒的表情
厮守阳光白净，稻浪潋滟的山河

历经几多月换星移
青铜的旧时光，木纹的流水
敞开的石头
重新凸显破土而出的奇崛

不以指数衡量的幸福踏歌而来
万物有爱，地母汁液酣满的原始根基
构筑起儿女的沃土，姐妹的摇篮
鸡犬相闻的故乡

阔别已久的简单生活
回归生生不息的自然
女人有仔猪奔腾的快乐
有太阳浑圆的笑靥

与日子拔河，和疾风比速
敦厚的肉身，因激情而飞扬
张扬自我的女人
在率真里永恒，在梦想中起飞

"自在飞花轻似梦"啊
深谙生命的喜悦、自然的广袤者
得自在于天地间

# 花的诗学

✱ 林馥娜

花的诗学也就是诗里的花语，诗的花语有时和通俗意义上的花语是同义的，比如玫瑰的花语是爱，在绝大多数的诗里，玫瑰也是代表爱。在文人墨客的作品中，古往今来花的形影可谓从未缺席过。这里从花的诗学和个人创作的角度来谈谈花与诗。

梅、菊、兰、荷这些花在诗歌里是被写得最多的，她们早已形成了诗学上的意象，在古代众多诗词的共同营造下，她们被赋予了傲雪、凌霜、清幽与高洁的品格，就像一提到月亮，下意识里就想起团圆。以上这些都是通过长期的沉淀而形成的文化符号，而我们自己要创造出一种独特的意识形象，则必须使它具有不同于他人的语象。语象是每个人所赋予的、不同于他人的意识形象。比如王小妮《月光白得很》所写的月亮"照出了一切的骨头"，带着"青白的气息"，甚至有一种死亡的气息，就是另外一种完全不同于团圆的语象。

樱花的花语是热烈、纯洁，但在我眼里，由于其不鲜明的粉色和过密的花团而带来面目模糊的窒息感，让我想到了中年恹恹的春困和青春热烈的颓废，这是一种与花语相异的语象与抒写。

缅栀子花在广东常作为夏天泡茶解暑之用。它的花瓣洁白、花心淡黄，宛如少女的纯洁清爽，花语则为坚强与守候，这与纳博科夫的《洛丽塔》少女有某种内在的共同点。把缅栀子、洛丽塔和由洛丽塔演化而来的萝莉共融于一首诗（《洛丽塔—萝莉》）中，则使诗歌更为多维与立体，拓展了想象空间。同时，诗中用到的"绢素"也是一种古代供书写用的淡黄绢，运用多种联想、多重空间，同时以语言的精炼、抒情性和思想性相糅合，诗便有了张力与意味。

而荼蘼这种花在我诗歌中的隐匿或显现是较多的，荼蘼的花语是末路之美——雷德利·斯科特导演的电影《末路狂花》中，两位女主人公选择不再回到难堪的生活中，而向悬崖飞驰而去，便是末路之美的一种。荼蘼的开放也代表花季结束，青春逝去。而在我的诗中它代表了女性低调的隐忍、带刺的自强与开到最后的从容。把它直接用在题目里的有两首，其他则或隐或现地散布于诗句中。这两首是《荼蘼》和《纸荼蘼》，前者是女性从青涩、蜕变到雍容的写照；后者是人与诗的双重赋予，寓意人生历程与诗写历程趋向于人与诗合一的终极之花——诗学之花。

生活中，不同的事物给我带来不同的感受，在生活与诗写的相互观照中，生命的丰富性得以细味，语言的繁花盎然绽放于心灵的旷野。Z

李空吟　彭　然　蓝格子　祁十木　杨碧薇

木　槿　王艺彭　阿卓日古　黎　子　黄鹤权

张　元　查金莲　何　双

## 李空吟 LI KONG YIN

1994 年生于云南昭通。就读于昭通学院。诗歌散见于各类刊物。2015 年《中国诗歌》"新发现"诗歌夏令营学员。

### 酒 鬼

棺中人姓赵，生前爱酒如命
他的长子说："父亲临终前，酒缸刚到底
一支醉醺醺的葬仪队，就从里面走出来"

大慈悲、大自在、大平等……
这些东西，跟着一块旧帷布挂起来
被死亡一点一点用旧
活着的人，从来不敢奢望

黑孝帕，白棺木，黑白颠倒
街坊四邻，跟着道士的锣鼓声
跳舞，这种舞，像邪异的火焰
烧毁妇女孝歌中的蝴蝶

道士说："每到深夜，他都在棺材里
击打自己的骨架，发出的都是醉人的声音"
起材子那天，棺材从孝子头上抬过
死亡高于活着

次年春，赵氏借草还魂
摇晃着身体，跟活着的世界干杯

### 12 月 3 日或给 H

冬天的早晨，起得比我还晚
它亮起来，我才看到死在树枝上的蝴蝶
"噢！真应该为一些美丽担忧"
天气预报说，明日的天空会伤心得梨花带雨（雨
　夹雪）

我发消息给 H，诳她我的城市已来雪
H 回：最好把你的河流冻住，让你浪不起来
记得是去年，你我置身一场雪
后来便被一层一层地覆盖，是那么慢

H，南方总要来一场雪，让人深陷进去
我们都应该有着各自的火炉，这样
当我们孤身去热爱这个洁白的人世时，才不会因
　为寒冷
半路撤退

## 彭然 PENG RAN

1996 年生于云南昭通。昭通学院汉语言文学专业学生。

### 穿过巷子时

我们穿过巷子时，一些秘密被耳朵无意探听
我们的眼角有着好奇，要偷窥隐私与热闹
我们看见有人已在自娱自乐中度过余生
我们在屋檐下步行，有时一个人
有时后面跟着影子
一个哭泣的背影带着故事游行
旧的瓦砾下木制的门窗上的灰尘
一个少女她温柔地熟睡
我们没有惊扰一只猫探出的脑袋
它眼里偷藏了一些行人
那步伐
那鬼鬼祟祟
我们穿过巷子时，脚步声
还在一晃一晃地吆喝
两旁的店铺里，装着无数失眠的人。

### 罂 粟

我走到你身边的时候，就很随意地
站在你，后边的人背后
仿佛隔着一个人看你更清楚
也仿佛在借那个人
借他的眼睛，一双你不会察觉的
陌生人的眼睛
看看你。可你总会一下子走开
你的心被一些不属于我的事驱赶
走远了。我并没有想跟住你
从来，我不会跟着谁
去学习尾随。

我走过你身边的时候，天色已晚
你看看远方，仿佛要说出些什么
那时他突然咳嗽了起来，
很冒失，也很爱你。

## 蓝格子 LAN GE ZI

　　1991 年生，黑龙江哈尔滨人。辽宁师范大
学文学院学生。作品散见于《星星》、《诗林》、
《海峡诗人》等。

## 吃雪的羊

草地上的草，已由青变黄
而那些假羊还是低着头
表情温顺。现在
大雪，落到它们洁白的身体
没有过多停留，就掉下来
从远处看，像是一群羊在吃雪
它们低头不语的样子
像极了城市里捉襟见肘的异乡人
尽管一再被看穿，还是低头
佯装一切都好
这不免让人感到有些担忧
毕竟，雪再厚些
它们就真得
把头埋进雪里，吃雪

## 游戏：不说话

之后的七天，我们开始
练习一种新的忍术
——不说话
凌晨四点，洗干净的耳朵
还在枕巾上摩擦
那些不确定的事物，已经
穿着词语的鞋子
在时光中跳动多日
该让它们在夜晚好好休息
失眠的人，总是在我手心里唱歌
一首接着一首
我听见，他的声音里
有近似湖水的潮湿

毕竟，六月的雨是一直下到现在
而沉默的意义在于
我们谁也无法将真相说破
现在，我只是想
让它们
保持原来的样子

## 我的手指

没有一刻，我能离开它们
但我不知道，我究竟
能用它们做些什么
每天早晨端起一杯牛奶，填饱肚子
再去挥别一些，我不愿挥别的人
或者，在漆黑的夜里
捧出自己的心
这些，都不重要。重要的是
在一个寂静的午后，我躺在床上睡着
它们趁机逃离我的束缚
从桌子左边第二个抽屉里，找到一支笔
写下几天前的傍晚
我们共同看到的那一幕：
一个和我父亲一样面庞黝黑的中年男人
拿着铁锹，用和我一样的手指
搅拌身旁的水泥
清风吹过来，他黑灰色的发丝
显得，有些局促
但我的确看到，它们
闪着银质的光

## 祁十木 QI SHI MU

　　本名祁守仁，1995 年生，甘肃临夏人。广西
民族大学文学院 2014 级写作班学生。"相思湖
诗群"成员。作品散见于《民族文学》、《星星》
等。

## 溺　水

给一条狗写讣告，一定不写
它死。我无意识要寻求什么，只倔强
让它活，溺在水中，还要活着
父亲要拿笼子关它

包括他在内，都厌恶溺水而挣扎的
样子，导致我平生第一次顶撞父亲
在纯粹的中央，我要抹掉一个黑点
义无反顾。我同情孤独
像我同情自己一样
不要当宠物，不要当军犬，更不要当食物
要活自己，灼烧茫茫黑夜
那晚，父亲还是抛弃了我
"不想关它，你就和它一起待着吧"
雪悄无声息，浸入神经。它终于死在
我怀里，你要逃避，命却总寻着你
我抱着它，迎接雪的爪子
一夜过去，我肯定早起的父亲会看到
他的儿子和这狗互换了身体

## 逃 脱

十八岁，我榨干自己
想生女儿，只为照自己活过的方式养大她
再造一个自己，这悲凉的梦
打碎整个人间的窗子
那凌晨的街角，圆满了我
毫无怨言，拉扯相似的十八年
我三十六，满头白发
她抽烟、喝酒、和男孩子睡觉
记忆经由毛孔穿针引线
收留的日子，我读书、写作、和诗人睡觉
把吃过的每一口饭，都喂了她一遍
哪怕我想再造自己的想法，也染在她的影子上
我究竟是不是个合格的父亲
她和我活成了两个样子
她逃脱了我
犹如我逃脱

## 杨碧薇　　　　　　　　YANG BI WEI

1988 年生，云南昭通人。中央民族大学文传学院 2015 级博士研究生，主修中国现当代文学专业。作品散见于《中国诗歌》、《青年文学》、《诗刊》、《天涯》等。

## 有一个晴朗的日子

这天气，是留给屋后的青苔晒太阳的。

待钟声过去，鸽子
擦拭天空和深海，
贝壳刚刚苏醒，用它的蓝镜子
照人的心。

所有言语，大的小的，轻的重的，都合上翅膀。
弄堂扭动腰肢，青草，
青草比春天更青。
硬壳书被印上诗句，有了慈悲。
黑铁，在手中变成玫瑰。

看呀，我空了，我要飞了。
不攥紧现在，就可能还会坠落。
那么我飞，趁着暖风，
趁着风里，流星的香气。

你不要悲伤。
但你可以逆着阳光，
在书桌上趴一会儿，静静地呼吸、流泪；
然后，穿起晾在窗台上的白球鞋，
下楼去，
把涂着暗影的街道，一步一步走完。

## 买 菜

三个她越缩越紧，朝她挤过来
电梯舱里，她看见自己
左边的，右边的，后面的无奈

银色的箱子载着身体往下沉。银色……
二十岁时，她拥有银色的
尖头鞋、宝蓝葱丝袜，两瓣让黑夜心跳不止的
红唇。小蛮腰在绅士们的手臂里滑动时，她的今
　天
提前从缀满香槟味的光影中飞离

礼拜一是土豆、玉米
礼拜二：白菜、西红柿
礼拜三，不想再吃冬瓜和该死的莴苣了
礼拜四，又切了太多的肉，对动物们的尸体
不再心惊肉跳
噫，就这样一天天
陷入与三餐的拉锯战中，优胜劣汰、你死我活

一天天活在刀刃上
一天天，在人世的羹汤里半时翻滚，半时沉睡
想认命吗？不
但被抽了筋的鱼，又如何拯救
热锅上抱头乱窜的蚂蚁

电梯门打开时，三个她
涌进她体内
像灰尘、寄生虫、失序的逻辑
重新找到了载体
把脚往外抬的一刹那，深深的坠落感
骤然抓住她的双肩
连带她手中的菜篮也跟着晃了晃
她吸了口气，朝低于生活的老地方走去

## 木槿　　MU JIN

　　本名安然，满族，1989年生，内蒙古赤峰人。华南师范大学公管学院哲学硕士。2013年《中国诗歌》"新发现"诗歌夏令营学员。

## 亲爱的生活

请靠近阳台坐下来，我需要跟你谈谈
亲爱的生活
首先，我必须向你说明一件事
这些年，我并没有辜负你对我的厚爱
把一个人交给另一个人后，我变得更加疼爱自己
所以在很多时候，我原谅了一些时光
其次，作为一个把异乡当故乡的人
当我谈起牧草、天空、童年和一片草原
它们在另一个春天再次走进我的生活
其实，这一切不仅有我的童年，还有
我的骨骼、性情和爱
最后，若干细小的事情都证明了几个实情：
比如我的胸怀是窄的
我犯下的错误始终得不到谅解
还有我夜里做的梦，一天比一天凶猛

## 说到狭隘

我羞愧极了。多少年来我试图海纳百川

长出胸襟，面对青天可以从容地笑
且不悲，且不怨。快意恩仇皆为过眼烟云
现在的我，回头看十年前的事情
想一想。繁花似锦，却昙花一现
苦大仇深，却柳暗花明
冬天过去后，草木皆绿。人世的大道理
我每天都在学习
但我依旧执着，狭隘得无可救药

你看，千帆过境后漾起的波澜，那不是涟漪啊
这如同A与C的距离
万物的周而复始，比如草木，春风吹又生
那么多不同的事物都在互相模仿，比如爱与恨
我习惯把杯子，枝叶，坏脾气，咒语
日渐消失的脸和故事反复回忆

你看，一说到狭隘，我总是这样
面对生活，我还在羞愧，不敢直面……

## 王艺彭　　WANG YI PENG

　　山东大学土建与水利学院建筑系研究生。

## 哑　巴

我不会撒谎
我的疼痛不会撒谎
爬满全身的电流不撒谎
它们是狼群在疯狂地
找寻出口

事实呢
事实是此刻的街道和人群
是四月份的春天不知羞耻的一阵风
吹过公交车上所有的女人
事实是我们都坐在事实的公交车里
出行
报站的提示音不会撒谎

真实得不能再真实以至于使人昏昏欲睡的下午
我戴着耳机，看到镜子里满头白发
一根根真实得可怕
我高兴地看着它们

我宁愿被困在这家蛋糕店的镜子里
度过余生，而不再去看别的其他东西

我问，这里是不是狼群的出口呢
光的反射定律不会撒谎
我会永远记得二零一五年第一个闷热的下午
痛击我全身的电流无端消失的奇怪现象
我会想起那些
回答过又出现的问题从街对面买了冷饮回来
又指着这个世界问了我十万个为什么

张口却不能撒谎
我退化成了哑巴

## 雨停的夜晚

雨停之后，夜晚变回赤裸的夜晚
鼠标键盘和呼噜声毫无遮掩
我们在战战兢兢的床上听到那些
四起的春天像洪水猛兽不可避免
我们关门关窗
把时间关在所有房间的外面

# 阿卓日古　　A ZHUO RI GU

　　本名罗云，彝族，云南丽江人。楚雄师范学院人文学院 2013 级汉语言文学专业学生。作品散见于《诗刊》、《诗江南》、《淮风》等。

## 牦牛坪

更高的是天空
在它之后是天堂
现在是牦牛坪的冷
哆嗦的人
在土地里淘土豆
一遍遍地用手
淘大地
把手设计成跟它一样
耐寒
在不远处
一群年初的羊群

慢慢翻过山去
像阳光洒满山岗

## 石岗上的石头

石岗上的石头
铁了心
鼓起硬邦邦的风声
弄疼一部分山下人家的水酒
山岗上那些捂在头巾里的圆脸
向投掷空中的鸟
飞过去
在垭口
我们的身体仿佛也跟石头一样
鼓起来

## 孤独的树

再次想起
孤独了一生的松树
独自面对
收荞麦的人们
独自面对
一只乌鸦的安营扎寨
在硕大的大地上
它逃出那片松林的勇气
几乎是革命的
在起伏不定的山头
无数次山风滚进山谷
无数火葬场的碎石头
被彼此注视着
而那棵松树的晌午
更多的人从它旁边经过

## 深冬在一棵树上打盹

深冬再次
在那棵老松树上打盹
雪还没有万次地飘下
山下
粮食已经扛走

光秃秃的土地上
晶莹剔透的阳光
跟放牧爷爷一样
闲散
屋前更大的想法
从父亲的脑子里被提起

## 黎子 LI ZI

　　1993 年生于甘肃庆阳。广东韶关学院学生。获《人民文学》第五届"包商银行杯"全国高校征文一等奖、广东省作家杯征文大赛二等奖等奖项。

## 私 奔

夜里，韶关开始发大水
西湖涨满了
望湖涨满了
青年湖涨满了
我掩在被角的梦和一只绵羊也涨满了
我变成一尾鱼
在空空荡荡的海面上
一个人跳舞到黎明

在六楼的走廊里光着脚丫一边洒水一边读东野圭
　　吾
大水就要淹没最后一座高峰了
来吧　我所有的爱人
新疆北京兰州西安山东湖南黑龙江秦皇岛和一座
　　叫作春天的小城
划船来　在夏天来
从中国的四面八方来
从陆地上来从空中来从水里来
来山城看海
来云朵上带走我
如果
我会跟一个画家私奔
重新留及腰长发　浪迹天涯

我会带走那把紫色伞的
哥哥
去找另外一个姑娘吧

天亮了

## 牧羊女

撕裂春天的太阳少女的乳房
为了拯救　黑色山羊和
一条会飞的鱼
兰州拉面的馆子里　阿妈的围裙
褶皱如岁月　把兰州喝醉
饮酒落泪一路向北

北疆的雪域
一只鹰贴着天壁衔来乌伦古湖的泪水
马背上的情歌　夜夜高亢

在一个春天的开始
预谋一场华丽
私奔　乘着雨水充足
棉花未露

带走所有的羊群和马匹
趁着阿妈
围困在春天的雨幕里

打破春天的太阳姑娘的嫁妆
为了拯救　白色飞鸟和
一句游吟的诗句
不属于你的归宿
我丢弃一双眼睛陪你痛苦
南国的距离比北极更远
带上你的马头琴　换一个
明眸皓齿的生活

## 黄鹤权 HUANG HE QUAN

　　1997 年生。福建农林大学金山学院学生。

## 我此生一直听雨

我此生一直听雨。活得久，就围桌而坐，
谈坚硬的，谈柔软的，所有微小的事物
活得不久，就邀门外的月儿，风儿，树儿进来

请她笑，用大而重的颗粒

第一次，我对着门前的四月
轻启唇齿，把说出的话打了个结，攀附在一根钉
子
第二次，因一场安静的雨。跑走，走得过于慌忙
来不及听雨，一粒初衷要落地的声音。作为
性情中人。这遗憾得伴我残年

可我庆幸，我两次经过她。在同一个地方，
在冬天的雨中。我落在作坊的枝头，鸣叫不已
她呢，从来不过问我，只顾往南走
捡起细碎的疼痛，一只酒杯，两瓣云雾
默数一角屋檐下，扭了腰身来不及飞起的燕子

在她老去的时候，雨一直下。洗去灰烬，
安静得像一丛小云，大多时候
她的模样让我舒坦

## 握着两代人的疼

父亲躺在里屋，眉目紧皱
有时候真的睡了，有
时候在装睡
醒了后，他黑着脸抽烟
将所有的房间走了一遍
在奖状箱里摸了摸
在姐姐不长的秀发停过
在我的头上，轻轻地敲了栗子
力度恰好。让我说不上讨厌
让我不忍叫醒一旁
农忙后的阿妈，她肩酸
腰疼，手臂抬不起来
后来，我成了白白胖胖的男人
握着一袋粮食，领着黑狗
去了远方，再后来
种种迹象，随着声音传来
都开始模糊
都开始簌簌的响
直到重回田埂，重见
一棵树和一座山
我的心就开始疼，
一直疼，疼到不行

张元　　ZHANG YUAN

　　1994 年生。洛阳师范学院文学院学生。

## 暧　昧

目光清明，用意明朗，我是自己最好的情人
在无话可说的时候，并不自闭地逃离，沉醉
而又焦躁不安，如昨天、前天、大前天
十八年如一日的守护，又分辨不出，告别与再见

我想追逐阳光，在下午的时候，爱自己
臆想一场救赎。最后风雨的后面
不至于让我失去方向，在泥泞里，写上
破败不堪，把另外的一个我看清

我想另一维空间里那个爱我的我。完全孤冷
裸露的身体，冰雪中，暴露无遗。日子
相当艰巨，只是，这层空间里的我不知道
最终，还要有一个人爱。冰冷的尘世

## 栖　息

厌倦地漂泊，一千零一次，无目的流浪
经过几万遍祈祷，再也没有片刻不安
看得见的都是停留，整颗心，戛然而止
倔强、邂逅，久违的光

看不见行走、奔跑，气喘吁吁
视野里的灯火，意义、用法、作用变化不大
习惯了的脚步丈量，立正，对周围的一切
毕恭毕敬，渴望，还是用真诚打动

没有怂恿的驻足，不必，强烈的不信任
这还是和犹豫不决地，迟疑动摇，有关
但这并不纠缠与远方，枯萎凋零
与相信中间，成为内心，最后一次沉眠

查金莲　　ZHA JIN LIAN

　　1994 年生，江西星子人。井冈山大学外国
语学院 2013 级学生。

# 梦 中

钟表被困在坚硬的玻璃里。
发霉，无法判断，扭曲的事物；
是现实还是记忆的腐朽。

面对过去，面对噩梦；
恐惧充当着缓冲剂，
时间与空间，不断生长。

是医生，也是父亲，
身份被不平等分割；
多数人的幸运造就一人的不幸。

楼房，披上外套，删减言语，
出生前，衰老就已被设定。
直至抚平荣光下的皱纹。

## 用余生交出自己的目光

风车仍旧旋转着，自始至终
地平线还是一样的安静
无数次阳光的翻晒，年龄早已
分裂出这不完整的身体

苍老的外表年轻的心
前往剧院，坐在最好的位置
观看演出。一个唱歌的年轻女人
拥有我干涸的精力

爱是礼物，也是惩罚
在这场游戏里，性是无形的脐带
我们相遇然后分离
再用余生交出自己的目光

## 何双 HE SHUANG

笔名蓝极北极、何白水。就读于西北大学新闻系。诗文散见于全国各大报刊。

## 黑与白

父亲寓居煤城已五个年头

我还是第一次去看他
山西很黑啊，煤灰没能染黑他的白发
倒是他的额头，被稀释成池，纵横成干枯的小溪

那是个冬天
窗外的白杨树，一根根扎在沟底
风一吹，流水就凝固成白色的浮冰
冷得人心如刀绞

父亲总带我去
看古城里的风景
关于他的住处
他一再强调：瞥一眼就行

那是个极小极小的破旧房子
在沟壑里气喘，被丢弃、淹没、自生自灭
我想到了水墨画和一些陈年旧事
如一帧黑白照
抖落了雪花，伪装起地下的煤

## 心 事

她是自由的水汽
是春天里低飞的雨燕
是我杯中的影和
无法言说的暧昧与冷暖
她离我很近
像一棵树上生出的两片叶
我抓不住她。这些，我都羞于开口
我只能笑！每笑一次，莲花就开一次
心事往淤泥深处打洞，长成空心的藕

## 看不见

我们拥有整个下午。多不容易！
你总是抬头看天，我却习惯低头走路。
你说，那棵雪松生得高俊。光线也很迷人
我注意到你脚下的松针以及，松针打包的隐喻

我们分坐在叶子的两面
怕是只有一起凋零，才能参透，彼此的心事
或是干脆有一把火，把我们的骨头，血液和肉身
都烧死算了

# 中国诗选
## CHINESE POEMS

三色堇　草人儿　李　南　唐小米　安　琪　阿　毛
爱斐儿　琳　子　薛　梅　翁美玲　张巧慧　李成恩
郑小琼　卓　尔　苏笑嫣　娜仁琪琪格

# 深　秋 〔组诗选二〕

三色堇

## 裸露的中年

我只能将旧了的身体塞进地铁
就像将中年裸露的焦躁与健忘塞进黑夜
天气一天比一天冷
人生的路上，该暗淡的都已暗淡
该瑟缩的都已经瑟缩，而地铁的轰鸣与疾驰
始终让人无法安宁，无法慵懒，无法不多看一
　眼
新鲜的煤堆与暮色里低垂的额头。那些不识风
　情的人
却有足够的理由停下来
让风吹透肋骨，吹透铁轨上的小站
让风也吹着人间的灰尘和黑里的幽暗
来吧！我所能做的，只想让呼啸的列车把中年
　的惶恐
一点不剩地带走
而我独自面对人类全部的喧嚣与生命的沼泽

## 深　秋

长安的榉树在赞美的目光中
又开始红了
树上鼓满了心事的果子
不知在秋天的掌上还有多远的路程

近处和远处的浮云
像突然掠过的一个深渊
当我在美景中冒失地撕开秋天的一角
那危险的词语便呼啸而过

我目睹了它的咄咄逼人
它的固执与灿烂
它喜欢用另一种方式接近自己
它沉默不语的样子就像我的爱人

十月开始慢慢想我
在橙色的夕阳中
如果它心情好就会多停一会儿
就会让榉树的心事爬满整个秋天

# 青海湖的语言 〔组诗选二〕

草人儿

## 鸟　语

一只蓝色的神鹰
张开翅膀贴向大地
青海湖
用一只鹰　水做的影子
歇息在雪山之下

赤麻鸭　斑头雁　鸬鹚　针尾鸭
棕头鸥　蓑羽鹤　鱼鸥　斑嘴鸭
把湖水的蓝衔向蓝天
金黄的油菜花边　彩蝶纷飞

皑皑雪山　云朵洁白
怀揣少年心情的鸟们
在最温暖的时间飞来
鸣叫声　或长或短　或轻或脆
心中有爱

鸟的语言很美
据说接近后现代主义艺术

## 无　语

一只蜻蜓在飞
它飞翔的速度很慢
这很慢的速度里有一种美
从天空一点一点掠过

它飞过我的视线
飞向湖水
湖水清澈　没有太多的波纹

它轻轻地在水面上点了一下
然后快速地飞远了

这是一次深入的爱　从此刻骨铭心？
还是一次浅出的爱　一点而过？
蜻蜓点水
是我说不好的一件事情

# 头戴星星的人 〔组诗选二〕
## 李　南

### 自从上帝把我拣选……

蜂鸟出现在麦田上空，是好的
乡居的日子是好的
神把我从茫茫人海中拣选出来
是好的。
在微信上围观，是好的
爱肉体是好的，爱灵魂是好的
东边的日出是好的，西边的日落是好的
属灵的和属世的都是好的
回忆是好的——
新愁和旧怨被时间熨平
青春坐着绿皮火车回来。
伤害也是好的——
泪水中长出了黑力量
宽恕治愈了仇人的痼疾。
我一边赞叹一边感动
上帝创造了七天，每一天都是好的。

### 心啊，你带着多少秘密

心啊，你带着多少秘密
从今以后，我要好好保护你
不再让你疼痛
也不再送你去医院。

你曾经飞越千山，跟着我受累
去寻找雷霆和闪电
现在又跟着我来到北京

在大雪之夜，梦到了不该梦到的人。

你在尘世一路惊恐地奔涌、燃烧
耗尽了我全部青春
你时常忧心地盯着我——
写出的字成了禁文，说出的话成了谶语。

心啊，对人来说你是多么的金贵
可从前我只让你工作，不管你死活
这样想着，这样想着
我就懊悔万分。

# 薄雪　盖着山岗 〔组诗选二〕
## 唐小米

### 一条铁路穿过县城

我也想这样躺着，穿过一个人的身体
也想像铁一样坚硬，不因为他疼而柔软
我想路过却不说出终点和起点
只想留下些眺望，不是全部惦念
我也想带走他深处的灰和煤，黑色的沉重
用它们在废墟上又盖起一座城市
也想那样心跳
在现实中发出咣当咣当的声音
让他玻璃上的灰尘跳舞，吵醒他
或者在某个夜晚成为了他梦的一部分
我也想露出肋骨让他抚摸，那么硬的骨头
因他的弧度而弯曲
当他把脸贴在我的肋骨上倾听
故乡的车轮咬着异乡的铁，仿佛轰隆隆的春雷
我想他会一跃而起，成为春天的火车头
我想他变大，胖一些，让我穿过 960 万平方公
　里的肥沃
我也想他变小，只是一个小个子
我想成为他的破绽，他手臂上一道轻微的划痕

## 我有多少女人味儿

我有多少女人味儿就有多少大海味儿
眼中有十万颗盐粒，十万顷波涛
连沙都是咸的，连沙都在荡漾

我有多少女人味儿就有多少蜂蜜味儿
舌尖有甜，甜里藏着狡猾的小刺
——蜜蜂爱过花朵后留下的毒

我有多少女人味儿就有多少奶水味儿
体内有万亩良田
粮仓饱满，我有每个人都看得见的丰收

我有多少女人味儿就有多少尘土味儿
从肥美的臀部到日渐松弛的腰身，仿佛沟渠围
　　绕着盆地
仿佛从生到死都未曾离开过尘土

# 发生的事正在发生 〔组诗选二〕
## 安琪

## 静夜思

这一晚，汹涌的夜，有一种磅礴的力量
拖着我，在寂静的大地上游动，遍体鳞伤。

瓦砾和碎片
组成奇怪的模样，传递出烈焰的愤怒。
在语言的逻辑中我极力排除的迟滞终于沉没。

双手举过星空为了涂匀月光——
这神秘的幻想果即使卡夫卡这样孤独的人
也想品尝。作为月光指定的遗嘱继承人，我
不是惟一的一个。

我在月光失眠的夜里写下的这首诗也不是
惟一的一首。

这一晚
黑暗正遭受洗劫
床前的李白，把故乡捡拾。故事就此开始
他如此忙碌，而尽责，一直奔走在把故乡

送回故乡，的路上。

## 夜关门

有夜，但是门关着
门关着使我看不到夜的忍受，夜的枯竭。夜梦
　的手
夜夜从梦里伸出
把我拽进它的惊悸，我从未在梦里笑过
但你有！

所幸你有，我才对梦充满期待，在夜的脚大踏
　步
踏过白天的每一晚，我拼命拍打着门
我知道梦就在门里
它用一扇门把自己与尘世隔开，每个不同的梦
都有不同的夜，不同的门
与之匹配。

不止一次我从梦里哭醒，摸到梦外的泪
我真的从未做过美梦
却也实实在在遇见了你

夜梦的手，就是这样把我推向生活，生活的狡
　诈
生活的奇异。生活真窄
你一睁眼，就在生活里。

# 光影正好 〔组诗选二〕
## 阿毛

## 又下大雪了

我要把上世纪的大雪
再下一遍

我要在白茫茫的雪原上
造一座花园

要在花园里的兔子小姐穿衣说话之前
再爱你一遍

要在一树清丽
变成白发如霜的疯子之时

雪崩
以埋葬你眼神里的痴情和仇恨

## 妙偶

夜晚，你是你，我是我
白天是我们

任风抚摸所有的毛孔
和昵称

身体成为对折的闪电
相互轰炸的雷

发出被淹没的惊叫
和哭泣

一对偏爱古代
吟诗作画的人儿

把对方带往天堂
又重重扔回原地

收拾掉落的叶片
和叹息

他们确信会重新开花
重新生出一对妙人儿

# 天籁 〔组诗选二〕
爱斐儿

## 听雨

古槐给我一心一意的浓荫，花雨一样的禅意
它知我懒于言语，拙于攀缘，如那沙地柏
宁肯低于所有的草木，与阵雨、干涸和睦一处
这个夏天虽有凉意，别处的故事仍在高潮迭起
而我宁愿遗忘和被遗忘，像一截箫声
与一帧古书为邻。省略书脊上的线装痕迹
只剩最翻云覆雨的那一段典籍

我在等故事返回五千年，易水回暖
匕首回到鱼腹，恩仇回到内心的江湖
彻底遗忘宝典中的杀人绝技。于无声处隐身
高阁处藏剑影。只留五禽戏，八段锦
贯通血脉筋骨。偶遇风雨，就立于树下
听一听八百年后，那个在我的诗句中
隐姓埋名的英雄，如何在一段传奇中出生入死

## 听风

欲静或者不止，微澜或者席卷
你抱走光与影，清除霉斑与闪电
花红柳绿在你的怀里活过来，又死过去
你喜欢推开一些坏时光，露出一小片春色的短
　　暂
真实的瞬间。留下无处不在的忧伤与隐痛
诱发沧桑在桑田中裂变

你在草低之处卸载高声叹息
云飞扬时，你荡开灰尘，清理云翳
铸一道铜墙与铁壁，加固你的江山与社稷
你善用一支妙笔生花，一支铁笔洞穿春夏
粗糙的一笔，写省略，虚无与尘埃
温柔的一笔，写爱，复活与存在

## 我握着，我金黄的沙子〔组诗选二〕

琳 子

### 你所不知道的美

你只是浅浅地
在落日中爱了她一下
落日太美好了
她羞涩，脱光衣服
露出安静的褐色堤岸
你只是在她的夕光中，滑翔了一下
你的翅膀和唇吻顿时成为折痕和轻烟，哦
你走了就不回来了
这是一个即将消失的六月
你是一个不会爱的人你走后会很快忘了
这一段湖泊
而湖泊会越来越混沌，湖泊里的黄昏
自你之后
你不知道有多美

### 小沟背的石头

我喜欢石头里
藏着石头。石头里
裹着石头
石头里住着石头
石头从山上滚落，是水还是火
石头融化
石头折断，石头里的箭镞化成羽毛
满山的乌鸦神器一样盘旋

隆隆的响声还在
是水还是火？
石头一路狂奔石头碰着石头撺着石头
石头终于把另外的石头击碎
石头的截面露出来
石头的圆心露出来
石头的经脉露出来
石头就这样死亡，留下一山沟

石头的尸体

——我喜欢
石头怀里抱着石头
石头嘴里咬着石头
石头的尾巴，屁股，大腿下边
埋着石头

## 万籁有雪花耀眼的清白〔组诗选二〕

薛 梅

### 泥 土

走到山坡这边来。
四野低垂，刚刚嚼过的青草香
一些清晰的蹄印，生长出一条小路
如今，泥土是丰盈的
你我并排其中，接收着来自地心的密码

像水在流，树摇着绿的小旗子
像石料里生长的翡翠，琥珀里的虫吟
像不安的喘气声，河床的战栗
我们在一座有河围绕的村庄
撮土为炉，插草为香

雨水是要按时落下来的
飞上屋顶，又落入眼睛
应声而来的，还有暮色里的剪影
穿上泥土，便是爹娘
到这里来吧，我们有同一的远方

### 路过那村庄

路过那里，我们得安静。
那个村庄不小，能容纳一间落满积雪的房子
记得那年的冬天，是一个暖冬
薄薄的雪落下来就化了
这让一个村庄少了些精气神

然而，我们的屋子并不这样

它落满厚厚的雪，那是故乡的雪
随我们来到这里，装点着日子
塑成各种草木的形状，塑成你我
那是我们的心雕，在窗前，在树梢
在鸟儿凝视的大野，在蝴蝶翩跹的水畔
晶莹着，透亮，美妙……

那个村庄不小，我们只是路过那里。
路过那里的时候
我们得安静。听一种声音升起来
再跟随我们的脚步
一起回乡。万籁有雪花耀眼的清白

# 惟独水明亮着骨骼 〔组诗选二〕

翁美玲

## 水 珠

浪涛里沉浮的惊险，悬空跌宕
一滴水珠，自落叶倾斜被打入粉尘。
将余生熔冶成泪，让世界
朝向高处爬行。

我的眼里住满了你，心口堆积着泥土
亘古的庞大和芬芳的气息
使我吐不出你，也住不进另一个你
企图在圆满中期待

秋风已至——目光向上
哦，季节，谁说落英无情？
举着渺小的透明，以微薄和痛彻
往深土游移

杂乱而坚毅的事物打湿
斑驳 众多的图案
被剪成凌乱

大雨磅礴，另一滴水珠……
它运送身体
滑进了黑夜的河流
风声，蛙鸣，一切剧止

这广袤的夜，被水与水连接。
星辰毫无理由地隐晦
惟独水明亮着骨骼

## 浮云溪的夜

从流水的臂弯绕过
纤尘不染，又暗藏玄机
等待这个时节着地的落叶
温暖重生，像夜的暗号
被街灯说出，甜蜜的水花溅起
在光臂膀的石子身上

微寒的夜，浮云般涌动
使一枚叶片
与另一枚叶片发生碰撞
呈露出的光亮，被安静捡起

除了这声响，世界是静穆的
事物隐匿了原有的身段，不再清晰
白鹭身姿优雅——这秘密的过客

他们畅谈童话世界里的精灵
说着他们今生的孩子
他们说着——
月亮里飘来曼妙的仙子
忽闪而过，似流星。又停驻

灯光放逐一夜的光明
而黑暗渐渐远去
一阵逆行的风，误入眼帘
收紧的心捂住明亮的词语
一段距离被时空锁住

# 路 过 〔组诗选二〕

张巧慧

## 黄皮湿地即景

在我之前，有偶蹄类动物深陷于泥泞的
脚印，但它们已不知去向

光线透过丛林，
新鲜的落叶交叠于陈腐之上

雨后，空山传来隐约的鸟鸣
或是泉声。我本是困于沼泽的人
却忽然浮于其上

静，是一种力量，正被慢慢放大
废弃的祈雨台，被松荫覆盖

因自在而获得的尊严
不同于因思考而获得的尊严
成排的江南杞木中
必有一株独立于外

我停住脚步
愿我身后的世界与我一样
止步于美

## 过慈云寺

慈云夕照，它一直在。
咸丰十年的战火没有毁掉，
沧海桑田也没有毁掉

千年之后，我抵达震泽的时候，终于
又一次陷入重逢的惊喜
黄墙，宝塔，五重相轮，写下的
亲人名字中有前世的你
我点上香烛，又把拍下的照片发往远方
时空的切换多么快啊

而颓塘河中的倒影是另一种存在
行人，彩衣与移动的车轮，
无声的存在，像是为了强调另一种存在
恰恰他们都滑入了虚空

我望着水中的我，水中的我也望着我
有一瞬间的静止足以令人自省
外运河的船把涟漪送到洗衣妇的手上
碎了，扭曲了，又复归平静
我在寺中听经，我追不上他们了
他们往翻新的老街深处更进了一步

有一座寺院，在我的彼岸
而幻影，始终如影相随
飞檐上的铜铃，俗称惊鸟
风过，会有清脆的撞击

# 在经幡的吹拂下 〔组诗选二〕

李成恩

## 过西域

我对沙说话，沙答应我
江南夜色下的嘴唇吐出细沙
我的牙是一弯新月
照耀我的城堡，那是遗弃的
或者我小小年纪本就陌生的
城堡，通过沙漏一点一滴穿过的
日月，我怎么能绕得开向我包围
过来的西域呢？

西域多雪，多沙，多风
我对雪说话，雪答应还我一身洁白
我对沙说话，沙答应在我的额头上
筑起一座城堡
我对风说话，风答应吹走
我脚下的遗骨

我在黎明醒来，雪、沙、风
这三件闪光的器物在我的手上汇聚

像我抚摸过的东西
在夜里飞起来，在黎明
却静如一缕晨光，在我手心
婴儿一样光滑

我洗雪，洗雪山的骨骼
我吃沙，吃得满嘴的欢叫
我捧着西域的风，整个西域
都伸手可见，好像要抓破了
唐僧俊美的面容

## 白帐篷

神住在哪里？神住在哪里我就到那里去找他
白雪山顶上住着鹰
我跟随鹰找到天空的一顶白帐篷

我问白帐篷里的主人——你是谁？
一个年纪轻轻的姑娘
她的羞涩让天下人都羞涩
她的羞涩让我获得了神的教诲

向导把我引向更多的帐篷城
白色如白雪积在她头顶
彩色如大自然在她腰上

我听到有人在小声议论玉树姑娘有多多情
住在白帐篷里的玉树姑娘在等待她的情人

英俊的小伙子在帐篷外下了马
月亮昏暗时还打着手电，从一个帐篷到另一个
　　帐篷
唱歌谈情，通宵达旦，露水打湿了光洁的额头

神在爱情中间，一年了，白帐篷里的姑娘生下
　　了孩子
可是我看见的在草地上唱《江南 style》的孩
　　子？
神在跳舞，孩子在青草的光晕里像一个更小的
　　神

孩子的父亲是另一个消失在白帐篷外的青年
那一夜，神在白帐篷顶上睡着了，而姑娘有了

她的选择

# 情欲之歌　　〔选二〕

郑小琼

## 第十首

被肉体的欢乐俘虏的思想，灵魂，心灵
被情欲的快感冲破的道德，理想，未来
——神奇壮美的肉体的情欲与欢乐，我感官的
醇酒！痛饮着"爱的呈现"……为你深邃的
智慧的眼神，为你优雅的美的面庞，为你可爱
　　的
躯体，在肉体欢乐涌动的嘴唇……啜饮着
肉体的酒液，为人间道德的十字架多了一具
被火烙的肉体，平静的石头中心饱含着一场
风暴，时间被它挤痛！

情欲雕刻着肉体的本身，欲望穿着尊严的外衣
空寂的清瘦的生命哭泣，把爱具体到头发，嘴
　　唇
四肢，眼睛，肌肉……像梦一样清新的脸庞
低沉如同雾中海洋升起的桅杆的声音……
我们彼此相遇又分开，那么多幻象消失融化
用肉体的欲望唤回你多情的面孔

在放荡的青春中，凝视肉体之美
在它的欲望中行走，穿过伦理与家庭的街道
剩下一盏情欲的灯照耀一颗颗孤独的心
在那里看见的景象隐退迷失，用肉体的激情创
　　造
欢乐的良辰，在那么多幻景中，从你的肉体上
寻找着所有情爱与欢乐

## 第十五首

温暖的肉体欢乐从羞怯的躯体逸出
水母似的吸盘紧紧吸附着坚硬的岩石
玫瑰露似的唇像疯狂的蝴蝶在你的躯体
投下殷红的影子，像艺术的排比沿着脚踝

到手指——它们像一首有着灵性的诗
用着古典而庄重的技法，在我的躯体上
对新潮的风格加上无数的注点，惊恐
如同小鹿的瞳仁……肉体的诗句，哦
用音乐的节奏撞击着身体……我身体里
有一口漫长的井，在蒲草与香艾的深处
当我用肉体致敬，朝着艺术的灵魂与情欲

我小心翼翼地展开这昂贵的记忆，像云一样
无痕迹的欲望，在完成中返回古老，在潮汐中
运行与变化，身体像凝脂的红杏，爱让我返回
身体的内部，渺小而细微的时间将在肉体开出
一条古老的运河，透明的月亮将在你肉体里
衰老，干枯，而此刻，你是一个船夫，沿着
我身体里的运河溯游，我身体里的万物
都屏住呼吸，剩下黑暗与光明，爱与喘息

我感觉你的躯体像一台巨大的挖掘机
它蛮横地占有，这专制而可爱的感觉
——在我肉体苏醒的瞬间，古老的欲望
再次沿血液流动，我酥软的肌肉与骨头
像一枚透明的月亮将你的眼神照耀
它的清辉像纯粹的艺术　散发自然的光

# 想刺破这世界的茧〔组诗选二〕

卓　尔

## 拥　抱

茧欲拥抱蚕，
至深、至切。
无风还有息，无孔还有隙。
予她体温，随血起伏的病。

蚕欲化蝶而出，
化出她的死。
朝阳，舞动的翅
悸动一下。

她有羽翼，拥抱着罗网。

她不能飞，埋葬了翅膀。

往昔，都是弥留之际
未来，都是永不再来。

茧欲拥抱蚕，
倾尽。一生的拥抱
掩盖了那无声的小小碎片。

## 我却没有什么可以送给你——

地球这么大
我却没有什么可以送给你
明亮的马路
阴郁的叶子
我走在天空下
却没有一颗星星可以跟随
花花绿绿的糖果
大大小小的蛋糕店
都那么甜
我却没有什么可以送给你

世界那么大
像川流不息的生产线
鸟儿飞了满天
花儿开了满地
我打扮得体面
看橱窗内的自己
更需要翘首或踮起脚尖
我盼望能在这星球上
在黑暗中再储些钱
看见和看不见的愿望
都那么美
我却没有什么可以送给你

# 半生夏

〔组诗选二〕

苏笑嫣

## 空无一物

我无法让每一天都言之有物
也无法让每一个早晨　重新
成为开始　无非是
天光大亮到暮色四合的无味重复
我试图与遛狗的陌生女孩　交换
眼神中的匮乏　仿佛借此可以
获得些许安慰

总是陌生人　如同我
之于他们　也许已相遇过多次　所有人
看起来像是新的陌生人刚刚来到
既不幸福　也难以说是悲戚
更无好奇
每个人　在人群嘈杂中　孤身兀立

然而我的身体并不新鲜　退化
并且经营不善　如同即将废弃的管道
锈迹斑斑　运作艰难　疾病
是种恶性循环
不得不囿于那得以安身立命之所
家：在那里　我们坐在那些强化关于我们
自身经验的物件之间

睡眠　在我的黑夜中　长久地缺席
我思索着眼睛的开与合：
眼睑抬起　展现场景全部的深度、光与黑暗
众人的灵魂游离而出
在空旷中　在那荒凉空虚的一生中
啼号哭叫　孤苦无告

## 十月初秋

我知道　昨夜的露水一定酿成了酒
珍珠们站好队伍　沿根根蛛网行走

于同一条队列　初秋的水边　十月
我和你听落叶簌簌　第一声
南迁经过的大雁低鸣　扼死了夏天

阴影聚合惊散的碎语　树叶的碎语
大片的草依旧生长　冷露中的眉睫
用手指摩挲树皮那粗糙朴实沉厚
成千上万片新鲜的干枯的清新的遒劲的
植物气味　有真实的声响　凝结
我的发丝蕴藏起姣美的寂寞
某一瞬　我可曾也是一株植物？

只是这样安静地兀自地低吟低语啊
碎碎念着　被风带走的是轻盈的欢愉
埋入泥土的是淡薄的忧郁　再次
植入体内　是这样安静的姿态　淡淡的
忧伤与从容　叹口气那清风经过你
寂静的耳畔　今晚　今晚我便如此
清潜入你的梦中

请交给我你秋天气味的手指交给我
你醉心于明净空气的影子　和
林间池潭一般的目光　我是十月之水
幽潜入你体内　流淌过你的血管
慢慢　慢慢地　改变着你指纹的流向

# 七彩的麦浪，吹拂尘世的生活

〔组诗选二〕

娜仁琪琪格

## 彩　虹

我看到彩虹时，是泪水洗过的双眼
在佛的恩慈与安抚中，返回红尘。
我要感谢众多的停滞，等待中每一分秒的
无限漫长；感谢横生的枝蔓，宁静的时光中
那些突兀的
伶俐。冲突是无处不在的，我所忍住的
言辞，放下的对峙
在佛的面前，修的是心性。

当我再次起身，在隆冬浓重的北方
数九寒天，孩子水亮的声音，叫出彩虹
七彩的光焰。我看见它们从万物中升起时
水灵灵的，先是从地心升起。

穿过彩虹的光焰，我的惊喜
说出冰花的水亮，柏树的枝蔓
捧出丰饶的白菊。纷披的恣意垂落大地
垂落进萧瑟的蒲草，绵延的冬青。那些静息的
就迸射出光——

我要说出的是：
那一束束的光焰，不是彩虹，是麦子的
舞动与风涌
是七彩的麦浪，吹拂尘世的生活。

## 2013 年，春雪

和你的信息一起到来的是一场春雪
打开手机时　文字就和漫天飞舞的
雪片　一起降落了下来
我抬头　浩大的天音　洒下甘霖
洒下甘霖时　一双结实有力的手
将我从深渊中捞起

我的双眸盈动的水花　被云隙里的阳光
映照　豁亮的
豁亮的阳光　驱散着乌云　也驱散着累日的阴霾
洁白的雪　闪动着晶莹的光　千万个小太阳
在闪耀
我看见　所有的树挂　挂着的不是雪
是天神　咏唱希望的讯息

我注定要一次又一次　逆着时间的洪流
返回到那里　2013 年 3 月 20 日
鹅毛飞雪　在盛大无边的洁白里
扬起头　阳光穿透云隙
宏大的讯息　就重新降临

# 散文诗章
## PROSE PSALMS

# 吃马铃薯的人 （十章）
——题梵高同名绘画作品

□伍荣祥

## 花瓶里十四朵向日葵

或许，这是最后的一次呈现。

为了来之不易的活着，我无须任何背景相衬。

我在呈现，我以最后的激情和持守呈现，并用十四种表情合唱同一首歌，包括懊恼、苦笑、无奈和隐匿。

我一点也不在乎，即使有些卑微、难堪和丑陋，十四朵盛开的花就是一世的见证。

感激陶罐，感激救赎。

器皿的一滴水给了我最后一次飞翔。

我在竭力呈现，以一种极端的方式。

## 麦田群鸦

太阳沉睡，月亮躲进后山。

群鸦横行天空，以怪异和狂叫主宰今夜。

许多麦穗被鸦声吵醒，睡意全无。一边呻吟，一边呼救，一边用锋利的麦芒尽力抗争。

这夜将发生什么？

麦田轰鸣，罪恶密布头顶，这是谁给谁的恐怖？无法阻挡，一种惯性让群鸦肆无忌惮。

霾兆终于降临，而一束束麦穗在惊惧中颤抖！

## 割耳自画像

从未正视自己，也惧怕正视自己。

此刻，我紧紧关闭门窗，我匆忙点燃一盏明亮的灯，我将刚刚自残的右耳包裹着厚厚的白色纱布。难得这番闲适，我在自己的木椅上端坐。

正襟危坐，我在看自己的丑和世界的罪恶。

我仔细用画笔描出自己的丑：右耳突然没了，眼睑有些浮肿，眼神模糊无光，棉帽和厚实的冬衣布满世俗的污秽与尘土。而下颌的胡须让岁月稀疏泛白。

唉，我的左耳还隐隐听到从门缝不断传来的计谋和灾难，以及谎言和贪婪的牙齿磨动声。

四周依然有响动，不因我的右耳自残而停止。

我惊恐万状，我怕瞬间失去自己惟一的左耳。

## 海滩上的渔船

两手空空，只有逃遁。

只有选择无奈，只有不再发出撒网的声音，只有将没有意义的樯帆悄然卸下，即使偶尔有海浪从远方再次诱惑船舷。

这里不是自己的海域。

我是一个被动者，海里没有自己的鱼。每次航行我都遭遇风暴与岛礁的洗劫，包括海鸟的嘲弄和攻击。

我伤痕遍体，我的船板开始生锈和腐烂。是呵，我是被海水摈弃的一个不合格者。

如今，我在自己的海滩喘息。

我的船舱已空，一无所剩……

## 吃马铃薯的人

都有一双粗黑的手，我们都是兄弟。

我们饥饿无比。吃吧：悄声嚼咬，缓慢细咽，用心品味这些刚从泥土里挖出的粮食。

简单，贫寒，而且衣着有些邋遢。

时下的世界喧闹得很，并且乱象丛生。我们只有躲进这漆黑的屋内，夜晚就静心在这里安眠，还要执着地以木讷的方式抵触。

嚼咬吧，慢慢品味这些简单的东西。

让马铃薯填饱肚子，然后学会思想。

## 星 空

仰望，然后与星空对视。

今夜，狂欢与躁动已成定局，当房顶呈现异样的星空时，其实昨天的教堂已经不响钟声。

万颗星子醒来，并以旋转、呼号和淫威的方式俯瞰我们，从此脚下城市与村庄的静谧开始终结：这时，大地在颤抖！

星空狂躁无比，生灵理性全无。

不知要弥漫多久？我再也不敢仰望。

## 弹钢琴的加塞小姐

外面那么乱，你却专注、安详，裙角也不在意微风撩动，可谁也不知道你在为谁弹奏。

弹奏，琴声让院内的树叶不断坠落，一只只鸟儿从你指尖却全部飞走。

季节也是深秋了，田野的庄稼已经收割，该收敛的已经收获，不该丢掉的已经遗失。面对无望与叹息，你只能以琴键在低音区痛苦地沉默。

深秋了，万物在加速变异和衰老。

还是重弹那首陈旧的歌谣吧？

让内心若水，用另一种琴声把世界悄悄挽留。

## 把犁者和种马铃薯的人

城市高楼矗立，人满为患。而这里只剩余你们，一个把犁者和一个种马铃薯的人。土地撂荒，许多人逃进城市。

谁让这个舞台冷清，整日以天地为幕，犁具已经破损，耕牛开始低垂，惟有远方的地平线那缕夕阳还泛出一点红晕。

这是世界的一幅悲怆！

太负重了，这是不是最后的土地？

## 太阳下收割的麦田

岁月流金，右手的镰却开始挫伤。

宁静被丰收的词全部覆盖和遮掩。

一地黄金，麦穗在焦灼时被一一伐倒。势不可挡，这里只有收割的嚓嚓声，没有停顿、回顾与瞻望。

草帽之下，阴凉只是瞬间，而汗水、思想和阳光下的影子与波涛般的麦田相互交织。不知道自己在收割什么，也不知道自己在收割谁的麦穗？

挥汗如雨，村舍在远处仿佛被炽热融化。

此刻，我只想粗声喘息。

只想放下右手挫伤的镰。

## 奥维教堂

道路使人眩晕，满地无比缭乱。

离教堂这么近又那么远，钟声已经停止许久，祷告的信徒沿路稀少，我自己也将《圣经》信手扔进墙角。

我知道塔尖的上帝已死，还知道天体中的黑洞在不断吞食恒星的消息。虔诚的信徒呵，我还看到教堂被贪婪、谎言和罪恶占领！

今晚已经没有去路，惟有头顶星子已被厚实的夜空覆盖。

举头之时，除了可以唠叨和议论，我一点也不知道该去仰望什么？

教堂会不会即刻坍塌？

而我却以一种恐慌的步履在四周徘徊。 Z

# 与君书（八章）

□苏雪依

## 与君书

### 1

做一叶清茶，在你必经的路上。

所有的露珠都化作泪水，所有的成长都为了一双洁净有力的手。

你采撷，我幸运，你漠视，我痛楚。

### 2

相思如酒，我带它步入高高的云山，进入幽幽的峡谷。走过春分，抵达清明；路过谷雨，回到秋分。

它无处不在，如影随形。

### 3

在泥土的深处写诗，一点一点咀嚼，情感的寓意。

你赋我以无数的灵感，再细微的春风也不会稍纵即逝。

### 4

问我为何藏在厚厚的壳中，因我的心太脆弱，一股小小的潮水，便足以让它受伤，落进生命的深渊。

采撷你的微笑一片，作为我永恒的春天。不会有哭泣，不会有忧伤，这小小的城堡，永远是爱之初的模样。

### 5

匍匐在大地，倾听一粒种子的心跳，倾听曾经的那个男孩，如何从圣女的肚腹，成长为一名顶天立地的男子汉，逶迤成一条长长的河流。

他丰沛，我丰沛；他干涸，我亦干涸。

我们生死与共，双宿双飞。

### 6

以泪水作珍珠，幻化你的形象。

这忧伤的宝物，谁人可比。它的沧桑，是日升月沉的沧桑；它的纯洁，是冰清玉洁的纯洁；它的遗憾，是根深蒂固的遗憾。

### 7

我想拥有蜻蜓的翅膀，轻轻飞过你的梦境，飞越你的心灵。

那里平静如镜吗？那里激荡如涛吗？那里危险如峙山吗？那里，快乐如青鸟吗？

### 8

我要将这杯酒饮下，趁着良辰美景，趁着春风眷眷，趁着貌美如花，趁着你的心，还未曾改变。

## 9

是的，我想禁锢你，像禁锢禾苗在我的泥土，禁锢燕子于我的房檐，禁锢蔷薇盛放在我的月台，禁锢你，只在我的心窝徘徊。

## 10

我想成为一片大地，为你承受所有的委屈。烈焰，冰雹，以及无由的践踏。

所有的苦水融入心底，只求你，安心地行走在天地。

## 11

在杏园的深处等你，你说。

杏花开了，又败了，那甜酸的杏子，却始终没有结出果实。

## 12

我喜欢你是寂静的，正如你喜欢我如此。人群中，我一眼便能认出你的方向。

喧嚣中的沉落，像两只熟透的苹果，飘向大地，沾染了彼此的香气。

## 13

生活如诗，有它的激荡，有它的安详，有它的甜蜜，有它的酸楚，有它的欢欣，也有它的无奈。

这都是你给的。

## 14

北斗星会否掩去它的光芒？长庚星会否消失在太阳升起的地方？

终有一日，这最坚强的也会陨灭。

所以，我们要满怀爱，迎接那不可避免的、日渐来临的死亡。

## 15

没有爱，就没有恨，没有甜，就没有苦。

你像一个支点，轻轻地，将我从这端，摆渡到那端。

## 16

你的眼睛，是清澈的湖泊，我没有一叶舟，可以驶出它的领地。我甘心地游弋，沉沦，直到坠入，你的心底。

## 17

当我老了，你还依然爱我吗？满脸的皱纹，盛满岁月的风霜；吞吐的话语，如衔着的石子；枯瘪的双唇，失去了往昔的红润。

——你会发出轻轻的叹息，还是，转身离去？

## 18

爱情自私到了极点，也珍贵到了极点。谁见过明月般的珍珠，可以随手赠人呢？

## 19

失去你，也意味着失去自己，可是，有的时候，我宁愿失去自己，也失去你，因为关乎——尊严。

## 20

我绝不会伤害你，假如你伤害了我，不过付与泪水，随风吹离了你的身边。

## 21

你我的爱，好像水晶，轻轻一磕，就会碎掉，我在里面，瞥见了流泪的光影。

——只希望，这不过是一场梦。

## 22

热情如火，又以汗水浇熄，这一个故事，完成在日曦时分。

## 23

你没有见过我，最美丽的时刻。

在低眉沉思的时分，在忧悒怀想的瞬间，在探索生与死的秘密的黄昏，在泪水轻轻滑落转身的夜晚。

## 24

我一直在这里，握着春天的誓言。

等天地飘雪，等秋枫零落。

等你来到我的身边，轻轻地给我一个吻，交付你走失过的那颗心。

## 25

我能听得懂夜莺的歌唱，也能感受到一朵花儿凋零的忧伤。因而，我也能深入你曲曲折折，试图藏起的心房。

## 26

我是我自己，不是你试图比较的任何女子。尽管她们更妖艳，尽管她们更年轻，尽管她们更可爱。

我的惟一，是智慧的泉水，日复一日，濯洗身心的疲惫。为此，我如婴儿般纯洁，比婴儿对母亲的爱更忠贞。

## 27

于千万人中遇见你，于千万人中爱上你，于千万人中和你相偕一生。我不得不相信，你是我今生，美好的宿命。

## 28

永远不会结束，这潮水般的爱意。

只要月亮环绕着地球，只要我的心环绕着你的心；只要天与地不可分离，只要你我的命运，如此的交织。

## 花 落

花落是我宣纸上越洇越湿的一点墨，有着不断弥散固固执执的伤痕。

花落是我欲写而中途离开的一首诗，风微微吹起，转身时，我已寻不到它的踪迹。

花落是夏夜的大提琴，一降再降的音符，降得星子够着地面了，降得我心垂入深井了。

花，是被突然的雨吹落的。蝉刚刚飞上树梢，还未来得及说第一声"知了"。

花落后，就不必再费心等待。一阵流水，将它作天然的小舟，驶向自己的命运，这命运是好是孬，不好说。

偶尔有落了的花，被我躬身捡起。尚未散尽的花香，握在手里，像隔了千年的宋词，有着平平仄仄的凄冷。

既然花总要落，为何要开。最热闹的时刻，便是分别的时刻。

既然花总要落，为何要开。"人面不知何处去"，桃花，也不再是初识的模样。

花落了，是无情还是有情？一纸花笺，是有言还是无言？

落了的花，如何再集起，如同破碎的心，如何再拾起。

## 无 题

就在这样的月色里，在这样的月色里，想你。

银子一样的月色，流水一样的月色。

灌注我黑玄的眼睛，浇上粉红的唇，剩下的，再去注满柔情的心房。

墙畔的蔷薇开得很雅，很淡。香的魂幽幽沁入月下的万物。

风声冷冷，是你切切的话语吗？是拥抱时怦动的心跳吗？还是你杯中袅袅而行的茗烟？

很想摸摸你的脸，长长的眼睫，湿润的鼻尖。

往事如一张纸，轻轻折起，不经意便会抖落一地绿荫，几朵娇美，还有纺织娘不息的清唱。而月西行，无声而又坚定。

我跟着它一路走过，玉绳已经偏转，天河的沙，仿佛黯了许多。

就这样吧，跟着它一路走过。直至彤红的朝阳升起，涤尽我这一身的霜色。

## 梦 境

是春之雨水，夏之星空，秋之湖泊，冬之雪景。

我以蝶的姿态，翩行于有你的梦境。

我不惊声，恐你倏然而去。我不迅疾，恐你流水匆匆。

如蜜，如饴。

赐悬崖以飞鸟，其鸣嗜嗜；赐涧敝以繁花，馨香成阵；赐苍白以绮丽，云霞遍天；赐无助以力量，刚勇猛健。

你是我的王，而我，是佛前祈求千年得偿夙愿的女子。

你是我的月，而我，是涉越万里仆仆风尘的

微星。

我臣服于你，仰视于你。

没有梦的人生，是贫瘠的；没有你的梦境，是永存缺憾的。

# 茶

从来佳茗似佳人。

以高山之泉水，以宜兴之器具，以玉韵之纤指，泡这一壶碧螺春，看那春色如何在小小乾坤幻化万千气象，氤氲一巧笑倩兮，美目盼兮的风华女子。

未品而香已杳杳，原来这佳茗早已渗透于心。

品时却微微苦涩。原来经过长久的期盼，这一朝欢会已觉出时光的无情，匆匆，太匆匆。

而后，又是绵长的甜蜜。既有一次心仪的相会，三秋、三岁乃至三生亦不为憾！

品茶，你须得坐于梅枝之下，有皎皎明月相照，兼流星二三，清风徐来，心地乃一派透澈干净。若是身陷红尘，心被财禄，那再姣好的女子，再美丽的茶叶，亦变成一汪糟粕，徒徒浪费了那活活清泉水。

最高的境界，是茶醉。人世不知，梦哉悠哉，而此女子，已属于一生矣。

# 夏　暮

钟声悠悠，穿越巨大的时空，涤荡远处的红尘。

倦鸟已归巢，长尾巴松鼠已上树，而一只仓庚，用趾翻动青蔓的册页，以矹矹的低音缅怀时光的流逝。

溪水从寺内流出，流成一支溪溪的曲子，沾湿了，跋山而入的鞋履。鞋子停下了，一颗浸淫人间太久的心，也停下来。听见轻轻吁叹一声。

就坐在面前这块大石上吧。雪亮的石头，岁月磋磨的石头，月光星光以婴童之心朗照的石头。

一枚叶子倏然滑落，拂上清俊的面颊。秋的第一个使者，落在白石的脚下。

空山岑寂。木鱼笃笃的响起来。清渺，恍

惚。依稀可见那青灯之畔打坐的女子。

星星，终于一点一点浮上来，遮盖了这浑然一体的山与寺。

# 回　忆

回忆是一匹猎豹，不经意地，噬咬你的心。你无法逃脱。

那些个往事一幕幕浮现，尽管你已身在此岸；那些个细节一粒粒晶莹，尽管你以为事过境迁。

如陈旧的蔷薇，雨后还有氤氲的香迹。

如走失的歌谣，在你的梦中把你惊醒。

如鸽子的羽毛，轻轻地飘在云端，不知道会落向哪片湖水。

爱与恨。

铭心刻骨的爱，和刻意遗忘的恨。

而真的记得住吗？真的忘得了吗？

人之一生，就是在撰回忆这部书，这部永远完不成后一章无法测定的书。

什么时候，你归入了尘土，这部书才安寂，安寂在白茫茫的雪中，在黄苍苍的大地里。

# 雨　中

为何你来的时候，总是在雨中？

那晶晶亮亮的雨珠，是你睫下的泪吗？

带着一丝甜蜜，又有难言的苦涩。

你轻轻地、缓缓地走着，衣裙上的花湿了，你的心，也湿了。

这雨，是爱情的背景，抑或故事的结局？

那个喜爱你的男子，他如葡萄藤迅速占有了你的春季，蓊郁的夏，或者在秋天，给你自酿的一杯葡萄酒。

雨下，下个不停。

烟气朦胧。艳丽的背景变淡，古老的城墙依旧那么挺拔。

你走着，看不出脚步是犹疑，还是坚定，是从容，抑或机械。

但你知道，牛毛针似的雨，时时砭着你的心。

案头的那杯茶，该凉了吧？ Z

繁花酒美迎红醉，靓雨诗怀送绿荫。灵脉罡风深故土，傲然拔地势凌云。

## 小雪

北斗西沉猎户升，朔风催雨入平明。暖窗落叶怀秋愿，冷巷飞花忆夏情。宿鸟栖林随野静，寒鸦绕岭傍云鸣。漫天鹅羽悄然降，只待梅花绽雪晴。

## 卜算子·白杜鹃

风动舞银蝶，满枝栖飞雪。独自含香寂寞开，无怨心如铁。 清芬色圣洁，孤傲凌寒沐雨芳犹烈。若比红梅情也真，

## 一剪梅·梦桃花

何必无缘两地猜？梦里蝶飞，小径春野。徘徊，馨风暖雨润桃开。放眼嫣霞，万念涓埃。 枝上春愁凝泪苔，辗转相思，千里云白，盼得鸿雁锦书来。一树红情，几度芳怀？

## 鹧鸪天·梅月

一夜西风落碧初，苇花深处起蓝凫。含香瑞雪悄然降，飘雨银湖梦却生！惜别岸，忆明珠，谁怜秋月照桥孤？寻梅再望当年路，依旧红芳冷素竹。

## 鹧鸪天·绿蝈蝈

灵须双动绿晶身，多情翠翅可鸣琴？喋喋恋曲传花信，切切心痴奏暖春。勾魂。寻芳误闯林深处，满目梅红不见人。

## 鹧鸪天·秋思

何必神交见赤诚，谁将诗意染红枫？一腔热血凭年少，七尺男儿仗义行。心欲静，却临风，恼人寒雨总无情。今朝煮酒青梅宴，不论英雄论后

## 鹧鸪天·中秋雨

一照千年玉镜光，桂花菊盏映银琅。红尘有憾天知怨，遂遣龙云化雨凉。中秋夜，断情筋，人间灯海泪飞扬。明春正月应飘雪，冷艳元宵苦恋长。

# 王世尧诗词选

## 独步柳园

独步桥西古木苍，槐风柳雨问斜阳。
谁曾悟道悬灵镜，却让禅思涌暗香。
净土佛光三世愿，素心红映一荷塘。
远山鸿雁长飞渡，天外烟霞漫紫光。

## 大草洼——赠刘小放

绿血苍然万顷金，红荆蚱蜢驭白云。
罡风怒卷天光阔，鹰鹞翻飞地母魂。
渤海月圆神女愿，草洼日暖故园春。
视通千里心犹醉，何处乡音不动人！

## 中秋

不忍清辉照恨别，谁曾今夜问圆缺？
相思桥畔菊香艳，饮泪烛台月皎洁。
一世秋情成海念，三生春梦断天街。
原知宿命随缘尽，花落人间可化蝶？

## 立冬

凝寒浩气笼西风，吹断林间宿鸟鸣。
临湖冷雨催黄叶，绕岭温云入碧晴。
万里秋鸿寻故地，千村冬麦又新耕。
凌霄飞雪何时到，遍野银装入画屏。

## 五十弦

一从惊梦五十弦，玉曲蝶花醒暮年。
月影梅魂别旧苑，霞飞柳岸落新鹃。
青山几度横沧海，白发千年纵雨烟。

## 童年

故园荷艳草微蓝，谁戏红蜓绿水边？
雨浥孩提提萤火梦，风含鸢彩紫竹烟。
玉桥怀影香石径，金漾流歌醉远山。
星夜窗前常自问，月弯银瀚可行船？
春满天涯无限路，潇湘风动可怡然？

## 滕王阁怀古

帝脉高阁入紫微，斜阳依旧故人随。
雄文一世奇才去，遗墨千年可梦回？
楼景清晰云景淡，江声远逝鹜声悲。
登临不舍长天外，秋水惊涛总唤谁？

## 咏树

都言落叶自归根，骨立形削树有神。
生死荣枯别雪月，阴晴冷暖又逢春。

一个姑娘，一个小伙儿
躺在黄土下。
不亲吻，不说话，
用沉默互相报答。

——《情侣》

# 世界爱情诗选

## 给所爱

[古希腊] 萨福　　　　周煦良 译

他就像天神一样快乐逍遥，
他能够一双眼睛盯着你瞧，
他能够坐着听你絮语叨叨，
好比音乐。

听见你笑声，我的心就会跳，
跳动得就像恐怖在心里滋扰；
只要看你一眼，我立刻失掉
语言的能力。

舌头变得不灵，噬人的热情
像火焰一样烧遍了我的全身；
我眼前一片漆黑；耳朵里雷鸣
头脑轰轰。

我周身淌着冷汗，一阵阵微颤
透过我的四肢；我的容颜
比冬天草儿还白；眼睛里只看见
死和发疯。

## 爱情比忘却厚

[美国] 肯明斯　　　　赵毅衡 译

爱情比忘却厚
比回忆薄
比潮湿的波浪少
比失败多

它最痴癫最疯狂
但比起所有
比海洋更深的海洋
它更为长久

爱情总比胜利少见
却比活着多些
不大于无法开始
不小于谅解

它最明朗最清醒
而比起所有
比天空更高的天空
它更为不朽

# 爱情是不见火焰的烈火

[葡萄牙] 卡蒙斯　　　陈光孚 译

爱情是不见火焰的烈火
爱情是不觉疼痛的创伤，
爱情是充满烦恼的喜悦，
爱情的痛苦，虽无疼痛却能使人昏厥。

爱情是除了爱别无所爱，
即使在人群中也感不到他人的存在。
爱情的欢乐没有止境，
只有在牺牲自我中才能获得。

为爱情就要甘心俯首听命，
爱情能使勇士俯身下拜，
爱情对负心者也以诚实相待。

爱情既然是矛盾重重，
在人们的心中，
又怎能产生爱慕之情？

# 投石手

[智利] 巴勃罗·聂鲁达　　　王央乐 译

爱情啊，也许是不明确不坚定的爱情，
仅仅是金银花在嘴巴上的一次打击，
仅仅是一些发辫，它的摆动
升向我的孤独，仿佛黑色的篝火，
其他还有：夜晚的河，天空的记号，
短暂的潮湿的春天，
寂寞的疯狂的额头，
在夜间要举起冷酷的郁金香的欲望。
我摘下一个个星座，伤害我自己，
在与星星的触摸中磨光手指，
一根线一根线地编织一座没有门的
堡垒的寒冷骨架。
　　　　　星星的爱情啊，
它的素馨白白地耽留住它的明净；
啊，乌云，在爱情的日子里喷吐而出，
仿佛一阵啜泣，在敌意的野草丛中，
赤裸的孤独系住了一个阴影，

一个被崇拜的创伤，一个不驯服的月亮。
提我的名字，也许我是在对玫瑰树说话；
也许是他们，混乱的美味的影子，
世界的每一个震动都熟悉我的脚步，
那平原上高耸于一切之上的树的身影，
在最隐秘的角落里等待着我。
岔路口上的一切都来到我的梦呓里，
把我的名字散落在春天之上。
于是，甜蜜的脸啊，燃烧的白荷，
不跟我的梦一起睡眠的你，那么凶猛，
被一个影子所追逐的奖章，被无名的爱，
以花粉的全部构造和不洁的星星上的
全部热风所制成。
爱情啊，正在消瘦的摆脱了困境的花园，
在你这里，我的梦想产生而且生长，
犹如乌黑的面包里面的酵母。

# 我祈求这样一种爱情

[美国] 莱维托芙　　　赵毅衡 译

我祈求这样一种爱情：
女人不会要求男人抛开有意义的工作来跟着她。
男人不会要求女人抛开有意义的工作来跟着他。

双方都不把爱神捆起来，
双方都不会在爱神手中放根棍子。

我们相互的忠诚与我们对工作的忠诚，
不会被置于莫须有的冲突中。

我们相爱使我们能爱对方的工作，
我们爱对方的工作使我们能相爱。

我们互相的爱，一旦需要，
也能让位给离别。给未知者。

一旦需要，我们能忍受离别，
而不会丢掉我们相互的爱，
也不会使我们向未知者关上门。

# 不要埋怨

当忧愁窒息了胸膛，惊喜使你屏息了呼吸，
——请不要埋怨！
爱情的价值——至高无限，
爱情的道路——在崇山峻岭攀援。

它百回千旋，直上九天，
在那儿，景象万千：
在夏日的炎热，冬天的严寒，
有耀眼的光明，幻海的云烟……

但爱情没有学校，没有课程，
也没有谁画张导游图来作指引，
凡是从这条路上过来的人
如同经历梦境，无法向你说清。

当限定的时刻降临，
在激动和苦恼的支配下前进，
走向自古就有的道路和指定的境界，
那时，你将超于恶魔和上帝的权柄！

# 爱和问题

〔美国〕弗罗斯特　　　　　江枫 译

傍晚，一个陌生人来到门前，
　招呼这位俊俏的新郎。
疲惫不堪，心事重重，握一杆
　绿白两色相间的手杖。
他用眼神而不是口舌请求，
请求允许他借住一宿，
然后转身，瞭望道路的尽头，
　看不见有透亮的窗口。

那位新郎，迈步走到门廊里，
　说，"让我们看看天气，
再来考虑，陌生人，我和你
　怎样解决过夜的问题。"
忍冬的叶子撒遍前院的场地，
　忍冬的浆果已经熟了，

深秋，是啊，风里有冬的气息，
　"陌生人，但愿我能知道。"

屋里，新娘在幽晖里独坐无语，
　探着身子面向炉火熊熊，
由于炭火的灼烤和内心的情欲，
　脸上浮泛着玫瑰色晕红。
新郎注视着令人生厌的路径，
　看见的却是屋里的新人。
他希望她有颗黄金包裹着的心，
　别着一枚白银的别针。

给人一点面包，施舍一点钱财，
　为穷苦人虔诚祈祷，
给富人投以诅咒，在新郎看来
　都没有什么大不了，
但是该不该请一个男人进宅，
　让新房里容纳烦恼，
妨碍一对新婚夫妇间的欢爱，
　他希望，他能知道。

# 当她二十岁……

〔瑞士〕马尔蒂　　　　　舒柱 译

当她二十岁
怀上一个孩子的时候
被命令
出嫁了

当她出嫁以后
被命令
放弃了
一切学习计划

当她三十岁
还有事业心的时候
被命令
留家侍候人

当她四十岁
再次尝试走向生活的时候
被命令
操守美德规法

外国诗歌

101

当她五十岁
憔悴又颓唐的时候
她的丈夫
搬往更年轻的女人家

亲爱的公民们
我们的命令太多
我们的服从太多
我们的生活太少

# 看

［美国］蒂丝黛儿　　　　万紫 译

斯特雷方在春天吻我，
　罗宾却在秋天，
可是科林没有吻我，
　只看了我一眼。

斯特雷方的吻，一笑了之，
　罗宾的吻，我当玩笑。
只有科林眼中的吻，
日夜在我心中缠绕。

# 灵魂选择自己的伴侣

［美国］狄金森　　　　江枫 译

灵魂选择自己的伴侣，
然后，把门紧闭，
她神圣的决定，
再不容干扰。

发现车辇停在她低矮的门前，
不为所动，
一位皇帝跪在她的席垫，
不为所动。

我知道她从一个民族众多的人口
选中了一个，
从此封闭关心的阀门，
像一块石头。

# 夜

［德国］史托姆　　　　钱鸿嘉 译

夜深了，我头脑一片混沌——
上床吧，可我久久不能入睡；
我疲倦地合上了眼睛——
朝朝暮暮，
何时才能心心相印？

这颗心啊，这颗心永远不会平静，
它冲破空间和时间的屏障，
一直飞向你的身旁。
在梦魂中
你是我甜蜜的生命；
而在生命中，
你是我甜蜜的梦魂！

# 到我这儿来，甜蜜的恋人

［德国］克尔纳　　　　施种 译

到我这儿来，甜蜜的恋人！
我要给你千百个吻。
瞧我俯伏在你眼前！
姑娘，你那滚烫的嘴唇
给我力量和生活的勇气，
让我吻吻你！

姑娘，你别把脸儿涨得通红！
即使母亲不允许，
难道你该失去一切欢乐？
只有恋人的胸口
开放着最美丽的生活花朵。
让我吻吻你！

恋人啊，你为什么作势装腔？
你听好，叫我来吻你！
难道你不需要爱情？
难道你的心没有怦怦的跳动，
时而欢乐，时而悲伤？
让我吻吻你！
瞧，你的反抗无济于事！

我已经按照歌手的职责
夺走了你最初的一吻。
而你现在怀着爱情的温暖
心甘情愿投身在我的怀抱
让我吻吻你!

# 命 令

[南斯拉夫] 普列舍伦　　　　张奇 译

我不敢去碰你那可爱的手,
因为你对我下过命令;
看吧,我美丽的姑娘,
我对你是多么顺从。

我不敢再向你说爱谈情,
因为你对我下过命令;
看吧,我美丽的姑娘,
我对你的命令多么忠诚。

我再也不敢向你求爱,
因为你对我下过命令;
看吧,我美丽的姑娘,
我是怎样压抑我的感情。

当我见到你,再不敢跟随你,
因为你对我下过命令;
看吧,我美丽的姑娘,
我对你的命令是这样服从。

最后你还曾命令我,
再也不许我想念你,
告诉你,我美丽的姑娘,
这是我不能做到的。

除非将我可怜的心换作邻人的,
除非等到我的心渐渐死亡——
否则你的命令仍是徒劳,
因为我不能不想念你的形象。

# 等着我吧……
## ——献给 B.C.

[苏联] 西蒙诺夫　　　　苏杭 译

等着我吧——我会回来的。
只是你要苦苦地等待,
等到那愁煞人的阴雨
勾起你的忧伤满怀,
等到那大雪纷飞,
等到那酷暑难挨,
等到别人不再把亲人盼望,
往昔的一切,一古脑儿抛开。
等到那遥远的他乡
不再有家书传来,
等到一起等待的人
心灰意懒——都已倦怠。

等着我吧——我会回来的,
不要祝福那些人平安:
他们口口声声地说——
算了吧,等下去也是枉然!
纵然爱子和慈母认为——
我已不在人间,
纵然朋友们等得厌倦,
在炉火旁围坐,
啜饮苦酒,把亡魂追荐……
你可要等下去啊!千万
不要同他们一起
忙着举起酒盏。

等着我吧——我会回来的:
死神一次次被我挫败!
就让那不曾等待我的人
说我侥幸——感到意外!
那没有等下去的人不会理解——
亏了你的苦苦的等待,
在炮火连天的战场上,
从死神手中,是你把我拯救出来。
我是怎样死里逃生的,
只有你和我两个人明白——
只因为同别人不一样,
你善于苦苦地等待。

今天你的窗户一点儿也不加固加牢?

# 第一次他吻我

[美国] 白朗宁夫人　　　　方平 译

第一次他吻我，他只是亲了我一下
在写这诗篇的手，从此我的手就越来
越白净晶莹，不善作世俗的招呼，
而敏于呼召："啊，快听哪，快听
天使在说话哪!"即使在那儿戴上一个
紫玉瑛戒指，也不会比那第一个吻
在我的眼里显得更清楚。
第二个吻，就往高处升，它找到了
前额，可是偏斜了一些、一半儿
印在发丝上。这无比的酬偿啊，
是爱神搽的圣油!——先于爱神的
华美的皇冠。那第三个，那么美妙，
正好按在我嘴唇上，从此我就
自傲，敢于呼唤："爱，我的爱!"

# 敞开的窗户

[捷克斯洛伐克] 沃尔克　万世荣 译

今天你将窗户敞开，
你可知晓，谁在窗下焦急地叹息，徘徊?
假如他这般请求，你是否会说：别来?
假如他轻声细语：
"我久已未听到笑声，
未见到美丽的双眼，
可否让我从中啜几滴欢乐的清泉?"

你的灯闪着奇异的金黄的光辉，
亲爱的，是谁今日将它点燃?
你可曾想到，有人要把灯熄灭?
它的光散发出夜半森林的香味，
在它的影子里，
游子会甘愿屈膝下跪。

四周漆黑，玄夜笼罩，
黎明前谁也不会走过街道。
星星，具有魔术般的威力，
当你期望殷切，它们将你举得很高很高。
啊，我亲爱的，

# 爱的歌曲

[奥地利] 里尔克　　　　冯至 译

我怎么能制止我的灵魂，让它
不向你的灵魂接触?我怎能让它
越过你向着其他的事物?
啊，我多么愿意把它安放
在阴暗的任何一个遗忘处，
在一个生疏的寂静的地方，
那里不再波动，如果你的深心波动。
可是一切啊，凡是触动你的和我的，
好像拉琴弓把我们拉在一起，
从两根弦里发出"一个"声响。
我们被拉在什么样的乐器上?
什么样的琴手把我们握在手里?
啊，甜美的歌曲。

# 最后一次会晤的歌

[苏联] 阿赫玛托娃　　　　乌兰汗 译

我的脚步那么轻盈，
可是胸房在无望中战栗，
我竟把左手的手套
戴在右手上去。

台阶仿佛有那么多层
可是我知道——只有三级!
"和我一起去死吧!"枫叶间
传递着秋天祈求的细语。

我被那变化无常的
凄凉的厄运所蒙蔽。
我回答："亲爱的，亲爱的!
我也如此。我死，和你在一起……"

这是最后一次会晤的歌。
我瞥了一眼黑色的房。
只有寝室里的蜡烛
默默地闪着黄色的光。

## "假如生活欺骗了你"

[俄国] 普希金　　　　查良铮 译

假如生活欺骗了你，
不要忧郁，也不要愤慨！
不顺心的时候暂且容忍：
相信吧，快乐的日子就会到来。

我们的心永远向前憧憬，
尽管活在阴沉的现在：
一切都是暂时的，转瞬即逝，
而那逝去的将变为可爱。

## 给我妻子的献辞

[美国] 艾略特　　　　裘小龙 译

这是归你的——那跳跃的欢乐
它使我们醒时的感觉更加敏感
那君临的节奏，它统治我们睡得安宁
　　　合二为一的呼吸。

爱人们发着彼此气息的躯体
不需要语言就能思考着同一的思想
不需要意义就会喃喃着同样的语言。

没有无情的严冬寒风能够冻僵
没有酷热的赤道太阳能够枯死
那是我们的而且只是我们玫瑰园中的玫瑰。

但这篇献辞是为了让其他人读的
这是公开地向你说的我的私房话。

## 情　侣

[墨西哥] 奥·帕斯　　　　赵振江 译

一个姑娘，一个小伙儿
躺在草地上。
吃着橙子，互相亲吻，
像波涛交换着浪花。

一个小伙儿，一个姑娘
躺在海滩上。
吃着柠檬，互相亲吻，
像云朵交换着气泡。

一个姑娘，一个小伙儿
躺在黄土下。
不亲吻，不说话，
用沉默互相报答。

## "假如有一天他回来了……"

[比利时] 梅特林克　　　　施康强 译

假如有一天他回来了
我该对他怎么讲呢？
——就说我一直在等他
为了他我大病一场……

假如他认不出我了
一个劲地盘问我呢？
——你就像姐姐一样跟他说话
他可能心里很难过……

假如他问起你在哪里
　　　我又该怎样回答呢？
——把我的金戒指拿给他
不必再作什么回答……

假如他一定要知道
为什么屋子里没有人？
——指给他看，那熄灭的灯
　　　还有那敞开的门……

假如他还要问，问起你
临终时刻的表情？
——跟他说我面带笑容
　　　因为我怕他伤心……

# 别 离

[苏格兰] 亨得利　　　裘小龙 译

一度，他们曾是镜子，爱着各自的形象
充满艰险地曲曲折折穿过时间
然而现在，镜子空无人影，哑剧
已延了期，他们怎样相爱？什么又是舞台？

噢，他们已骗过了时间，他将不会看到
那降临她身上黑色的手，她也不会看到
他的眼睛再也见不到光明时的那场搏斗

他们得到了宽恕，

两人都不会被迫去目睹
那最后一个死敌残忍地
在一阵雾中裹走爱情的脸庞
雾比他们生活过的黑色的水更深

每人，在承受对方的痛苦时
就永远地将死亡的恐惧逐远。

# 等 待

[墨西哥] 瓜尔兑亚　　　叶君健 译

愿一切都立即消逝，
亲爱的，愿一切都归沉寂；
愿一切都呼吸透明的空气，

愿一切都变得晶莹清晰，
愿心房跳动匀称、有力。
我不希望见到你不快、生气、
又被苦痛侵袭。
愿一切都变得安详、
清洁无尘：
我只是等待你，
孑然一身。

（但是，爱情啊，这种疑惧，
这种深沉的忧郁，
这种忧郁……）

# 当你老了

[爱尔兰] 叶芝　　　袁可嘉 译

当你老了，头白了，睡思昏沉，
炉火旁打盹，请取下这部诗歌，
慢慢读，回想你过去眼神的柔和，
回想它们过去的浓重的阴影；

多少人爱你年轻欢畅的时辰，
爱慕你的美丽，假意或真心，
只有一个人爱你那朝圣者的灵魂，
爱你衰老了的脸上的痛苦的皱纹；

垂下头来，在红光闪耀的炉子旁，
凄然地轻轻诉说那爱情的消逝，
在头顶的山上它缓缓踱着步子，
在一群星星中间隐藏着脸庞。

REN LIN

人邻

它的筋节未开，
还需要一点风，一点烈性阳光。
它的果皮上是薄薄的甜霜，
果核浅褐，新鲜，籽粒油润。
它的果肉生脆，
它的甜还没有把自己最后酿透。

——《小野果》

人邻

祖籍河南洛阳。现居兰州。出版有诗集、散文集、艺术评传多种。有作品被选入若干选集和年度选本。获中国·星星年度诗人奖、首届紫金·雨花文学奖等奖项。

## 主要作品

诗集:
· 《白纸上的风景》 1996 贵州人民出版社
· 《最后的美》 2006 甘肃人民美术出版社

散文集:
· 《闲情偶拾》 2006 三联书店
· 《桑麻之野》 2013 内蒙古文化出版社

· 《找食儿》 2015 《南方日报》出版社

艺术评传:
· 《百年巨匠齐白石》 2013 甘肃人民美术出版社
· 《秋水欲满君山青》 2015 花城出版社

## 帝王之晨

天地混沌
一切都还静静躺着

躺着的都是臣民
等着天亮

以至于谁早点起来
找一大片空阔处
随意走走
谁就像是
东方的帝王

这样早
第一句话应是天意
当然出自
帝王之口

## 风中玻璃

那跑得最蓝的，抑郁最深；那
跑得最快的，最绝望；那跑得
最美的，最先毁灭。

那突然开始和结束的，要突然，
碎裂和忧伤。

## 骑马过山坡

那年，我骑马过山坡。
青草茂密之处，
是一整具侧卧着的羊的裸骨。
如今那羊一定，
还没有全都煎熬成尘土。

我清晰地记得狼的牙齿，
顺着那骨头的凹处，
一溜儿啃了过去。
剩下的黑褐色的肉早干了，

紧紧地死在骨头上面，
不愿意离开。

## 新劈开的冬天的木柴

木柴
半块半块的
孤寂而湿润

伤痛带着铁器的咸涩
散发着比早春更为新鲜的气味

几乎看不见的汁液
沿着切断的纤维渗出
犹如最原始的词语

而有着树皮的那半个
怕冷似的厚厚裹着

## 蟾蜍

泥土，在动。
潮湿河滩上蟾蜍的缓慢挪动
有着难以描述的
大地挪动时——土色膝盖一样的
艰难的孤独。

## 小野果

它还似乎是
未熟的。

它的筋节未开，
还需要一点风，一点烈性阳光。
它的果皮上是薄薄的甜霜，
果核浅褐，新鲜，籽粒油润。
它的果肉生脆，
它的甜还没有把自己最后酿透。

它还不知道自己究竟有多甜。
它还不知道爱的，不会爱的，

不知道怎么爱的，
把自己抱得那么紧、那么圆去爱的。
不知道怎么疼着疼着，就爱了的。

## 疲　倦

谁有黯淡的温暖，请缓慢爱我，
直到夜色终于覆盖了我
从来就情感笨拙的脸。

有哪个善解的女人
谙熟一个男人的真正疲倦，
谙熟他疲倦了还要疲倦的秘密，
沿碎裂的时光隧道，
使他真正变暗、充满。

## 当我们老了

当我们老了，
偶然在街上相遇，可以
相互搀扶着，当着我们各自的孩子。

我们老了，但是眼神明朗，衣衫整洁，
虽然也还没有彻底忘记，我们曾经
那么艰难、那么幸福地爱过。

只是那会儿我们已经老了，
和别的老人一样，
宁静，和煦，安详，
平常阳光，平常的草色一样。

## 如今我老了

如今我老了，仿佛
又和孩童时候一样，
要依偎着母亲温热的乳房
才能安然入睡。

我现在只是静静的
像孩子一样温顺，
要依偎着一个女人的乳房才能安睡，

只是那个美好的女人我至今还没有偶然遇上。

## 蟋　蟀

似乎专门为了这个月夜，
洁白的石头上，
它的身姿，精心准备了。

不知道它生在
什么地方，它只是想着，
该有一个地方
可以优美地死去，可以不朽。
它要顺着晶莹月光，顺着，一声不出。

它迷恋月光
一点一点把它的小身体，小骨头浸透。
迷恋月光让它小小的轮廓完整，
半透明的，小小化石一样。

## 山中饮茶

雨没落下来，
可林荫下的草地
愈来愈湿了。
我们是在树下静静饮茶。

草地积蓄着，愈来愈湿。
暴力一样的潮湿在等
那些阴云
终于含不住
愈来愈沉的雨水。

我们在喝茶，
但已经不能宁静下来。
我们只是试图要宁静。
我们的茶杯里似乎已经是阴凉的雨水。

## 双手合十的豆荚

鲜嫩小手，合住豆子，
因爱而娇嫩的豆子，

汁水青涩的豆子，
一粒粒凸起的，想要诉说的豆子。
爱就要如此吧，
双手合十，捧着，祈祷，
要一一都美满了。

要双手合十，一直到老了，
再也无法合住，手掌枯干，终于裂开，
那些美满的豆子，一一
落入了尘埃。

双手合十的时候，
心里多满，她的头埋得多深。
合十的时候，她知道那个人也和她一样，
那手里捧着的汁水青涩的爱，
是满满的。

## 澄明的秋天

一介贫寒，
我没什么可以留下来的。
曾经写下的宁静、疼痛的文字，
也并不属于我——是另一过客。

早些时候，我热爱灵魂，
甚于热爱肉体；
可最终我还是屈服于
或许是更为顽固的肉体。

而死亡，是为孤苦的灵魂准备的。
幸亏有死亡，安排好了一切。
在渐渐澄明的秋天，
那揖别有如一场宁静的盛宴。

## 在靖远王家山煤矿 600 米井下

人的，水滴
给额上的灯牵引，行走于
虚无巨大的空洞的根。

那灯，死亡的玻璃花。
胆颤心惊提醒着的玻璃花。

巨大的齿轮采煤机
严肃着
煤的脸。
它有着整整 600 米的厚度。
那些煤层
比我的手里正飘落着词语的白纸
比咬啮着黑苹果煤层的我
衰老更快。

而一首诗正在形成
一吨一吨的黑色硬壳。
比死亡，
只稍稍早了
突然的一秒。

## 给阳飚兄

会议结束，下楼，一起走。
你说：走着回去吧。
我说：好。
老兄弟了，三十多年了，
其实，话早已说尽。

阳兄家的路口到了，
他说：到下一个路口吧——
从那儿我再拐回去。
我知道，从那边回去，他要多走一截路。
其实，真的已经没什么说的，
一路上，也不过再说几句，
淡到不能再淡的话。
自然，也有些臧否人物的话，
只是我俩私下谈谈。

再过十几年、二十年，
我们就真正老了，走不动了。
很少见面，也难得打个电话。
只是年轻一辈的偶尔拜访，
听谁传过话来，说起
谁谁怎么样了，
谁谁去了哪儿，
谁谁，再也没回来。

## 傍晚的味道

傍晚无事，蜷在暮色里，没想什么。
——忽然，忽然，一丝风
吹过——

一边小桌上的桃子的味道，
它们隐隐约约的
暮色里难以细说的"甜"和"自然"。
好像我这整个傍晚
就是在等着那一丝风，忽然吹过来。

## 阳光明媚

这儿
生气十足的哗哗阳光，神喜欢。
一切阳光下的，神都喜欢。
甚至是那些自由的马，其中的一匹
胯间"哗哗"的撒尿声。

以至于草地上的爱，阳光下的爱，
都不必遮拦，神都喜欢。
只是，神说：阳光刺眼。
神的意思是说，是叫偶尔路过的人，
那一会儿，都稍稍幸福地闭一下眼睛。

闭一下眼睛，神也是喜欢的。

## 苍老的美

被爱，一再被爱，
爱过，也深深地爱过的女人，
皱纹之间，眼神明亮，依旧是迷人的。
劲健的腿、手臂，修长的张开的手指，旋舞间，
叫人嗅到香水、白兰地和烟草的味儿
——回想她深深地吸了一口烟，
仰脸吐出，略略的迷茫眼神。

烟消之后，手指那么干净、白皙，
指甲修剪到无限完美，
而让人在触到之前，几乎要战栗，

因为美的战栗。
而顺着她的手臂向上，到肩膀，锁骨，
少女一般的锁骨，隐隐的细细的血管，
血液依旧是热爱的，热爱而近乎贪婪，怎么也不
　够的。
而她的脖颈，已然衰老；她的脸颊，似乎衰老，
却是临近了夕阳里晚餐的那种静穆。
我也没有忘记她的梨形的腹部，那迷人的
令人沉迷的温热的肚脐和甜蜜的幽深。

哦……我嗅到了树木深秋里淡金色的叶子
干燥、洁净的味儿，就要飞扬的味儿。

## 欲雨时分

燕子如针，
阴湿的空气里，穿过偶尔透出的光亮。

低空里，滑过、翘起的是燕子的黑色翅膀，
是凌乱、低低尖叫。
偃旗息鼓的古老宫殿，
沉甸甸檐角
已然很钝了。

天欲雨，愈来愈湿了……
恍然间，什么交错、飞离，
犹如漫天都是羽毛。

时间，乱了，一刹那；
一刹那，也那么……宁静。

## 时　光

也许，时光就是用来摆渡的。

读书，抚琴，游走山水之间。
也有些时光，
一盏清茶，看帘外黄叶悠然落。
顺着时光回味，
一生就那么过去了。

佛说，苦海无边；
虽然佛没有说，时光就是摆渡。

# 难以确定的忧伤的银白泥土

## ——人邻诗歌简论

□唐　欣

那跑得最蓝的，抑郁最深；那
跑得最快的，最绝望；那跑得
最美的，最先毁灭。

那突然开始和结束的，要突然，
碎裂和忧伤。

这首《风中玻璃》是诗人人邻被广泛传诵的一首诗，在某种意义上，似乎也可以看作他诗歌的写照：美和忧伤、纯净、微妙、尖锐的力量，这正是人邻在斑斓的中国诗歌光谱里无可替代的位置。

人邻诗歌创作的历史不算短了，但对他的定位还真的很不容易。他首先不在某个重要流派之列（没有单位和组织那就不好找了），也不曾参与哪一拨潮流（那也就无法冲上浪尖，成为弄潮儿），最重要的是，他的音量不够高，只关注分贝的人很难把他找到（说来有趣，钱钟书先生发现，实际上中国所谓的豪放派高音一旦拿到外国，也就成了低音，我们的音域原本就比人家低了8度，但奇怪的是，音高恰好是我们的标准和目标，也许只有声音大了，才可能盖住那些永远不停的吵闹）。不客气地说，接近他和欣赏他，要求我们的细心和耐心，要求我们的修养和教养（有些人就认为，如果不在乎苏东坡和辛弃疾之流的大嗓门儿，吴文英和姜白石要比他们高级得多，但这种说法容易触犯众怒，姑且不论吧）。

按照加拿大文论大师弗莱的说法，文学有着自己的"原型"，或者用更通常的表述，就是文学实际上有不多的一些"母题"，这也是我们业已熟能生巧的一系列分门别类，你写的什么题材，我就能给你划入或归到某一个"谱系"或者"序列"，但是面对诗人人邻，我们的分类法遇到了麻烦和障碍，他的诗歌，竟没有哪个现成的筐子可以容纳。这主要倒不是说他另外开辟了什么新的意义领域，而是因为他进入诗歌的角度总是小得不能再小，细得不能再细，那就是瞬间和片断，那就是语词，甚至语词的缝隙。

月光里
一片羽毛，飘摇

如古老匠人卓绝的心血手艺
飘摇的蓝、绿，纹着明灭的金线

羽毛在飘
夜色浸透，极细的绒毛边缘
大地叫它轻得没有一点分量
连它自己都觉得，轻飘、害怕

可这最轻飘的，才最
接近这个夜晚的中心
接近于美，虚幻，和银色的窒息

　　不知是什么原因，人邻自觉疏远了那些"宏大叙事"，也就是从他那个年代过来的人最容易陷入的集体话语中抽身撤退。他的诗，极少社会、政治、历史、文化方面的元素，甚至也很少个人经历的影子，但他并没有远离生活，恰好相反，这倒使他更紧密地、更切实地贴近了生活，那就是突出、强调并高度尊重生活的感觉、生命的感觉，这些细小的、细微的、细腻的感觉，也许在他看来，才是我们生活的可靠证据和真实证明。人邻规避开我们周围那些好像更加"现实"的事情，他也许是在向我们委婉和含蓄地提醒，那些事情并不像它们看上去那么重要。他对那类事务的轻描淡写，甚至是忽略不计，正是为了让我们注意和靠近那些已被我们冷落和忽略很久的另一类事务。那曾是我们童年时代熟悉和沉醉的世界。诗人就是与众不同的人，诗人就是要采用诗人的标准和尺度，而非常奇怪和富有讽刺意味的是，很多诗人，以及大多数普通的人，总是不自觉地照搬政客和商人的标准和尺度。他们确实位居"强势"话语（近年来荒诞而可笑的说辞，它们真的经得起美学的审视和颠覆么），但真正的诗人，正是要质疑并挑战这样的"强势"话语。在人邻笔下："伤痛带着铁器的咸涩／散发着比早春更为新鲜的气味／／几乎看不见的汁液／沿着切断的纤维渗出"，"雨地里淋着的旧农具／让人想起，刚才见到的／几块人的遗骨，比农具／更接近于完美劳动的／人的遗骨"，"沙地枯枝／而最后的一枝——白皙，／细腻／似乎少女的手指、皮肤／那些地方／浅灰迷人的皱纹"，"她坐在那儿／声音比物质／更真实。／／近似尿液的气味，那些发酵着的／温热的气味。／／她猫一样缠绵地／弥漫着裂开／她暧昧的眼神，／在这个发酵的夜晚"。在这里，人邻示范性地展示了他的敏感和敏锐，在一个普遍麻木的、粗糙的时代里，人邻的这些诗句不啻是对我们的一种提示和唤醒，他迫使我们在急匆匆的日常事务中慢下来，停下来，审视一下，感受一下，倾听一下，在这种时刻，也只有在这种时刻，生活和生命，才可能向我们坦露自己和展现自己隐微的真相，而我们也在这个瞬间和片断里，体会并享受着自己平时沉睡的、潜在的、已经近乎遗忘的感触和想象能力。这是我们最接近自我的时候，也是我们最接近拯救的时候。

整个漫长的季节
就那么落着。

真是迷恋
那些落叶，忍耐，稍稍倦怠，
轻盈，没有一点多余的样子。

世界庞大艰辛，

只有落叶是它——惟一的轻和清醒。

被艰难听见的。

　　这是人邻向我们提供的世界图景，安静、干净、纯净，在这后面，则是诗人安静、干净、纯净的心情。维特根斯坦说过，世界就是所发生的一切。但他忘了，世界也是我们看到的一切，或者更确切点说，是我们希望看到的一切和我们选择看到的一切。在此意义上，每个诗人都为我们贡献着特定的世界观。人邻的老朋友、诗人阳飏评论说："但人邻诗歌的'慢'是自然的泄露，是一种渗透，他不是'一日看尽长安花'，他是一路'嗅'来，而'嗅'是需要时间和耐心的，从种子抽芽到花开花落，他硬是把这时间咀嚼得有滋有味"。"泥土，在动。/ 潮湿河滩上蟾蜍的缓慢挪动 / 有着难以描述的 / 大地挪动时——土色膝盖一样的 / 艰难的孤独"。人邻的诗，讲究画面，注意黑白和明暗的对比，经常像木刻一样，精雕细琢，法度谨严。但他也有让人惊悸和紧张的时刻。请看这首短诗《蝎子》："阳光清晰移动 / 蝎子最危险的部分 / 那一点有刺的尘土 / 有毒的雄性尘土 / 干硬的土坡，一枚蝎子 / 肿胀的黑色的刺，让这 / 必经之地 / 又麻又痛"。是不是有让你汗毛倒竖的感觉？还有这首《蜥蜴》："蜥蜴，转身看见什么 / 眼睛太冷 / 牙齿细小 / 令人疼痛地 / 咬住什么"。诗人于贵锋认为："这些简短的句子，没有修饰，但饱满，有力。'一动不动'，不动的动，引而不发，在艺术的简化和张力之间达到了平衡"。人邻正是深谙这种停顿、留白和转折的艺术。作为视野开阔、混乱不挡的散文家（他的另一重身份），他在诗歌上选择的似乎是一种"纤尘不染，冰冷而华贵"、"只是不断亮，相遇，隐匿 / 又美又冰冷，又冰冷又美"的风格，细微、敏感、微妙、纯净到让大多数粗糙、麻木、浑浊的人感觉不到、忽略不计的地步，也许这便是诗歌的胜利，这胜利未免也是代价太高的胜利。在崇尚扩张和浪费的诗坛，他太矜持了，也太节制了，但也许他希望和需要的读者，就是保有慧心的极少数人，他并不想取悦那些浮躁的看客。评论家邹汉明指出："人邻对语词的选择非常审慎，有时甚至有点吝啬，这就好像一个水库，仅以滴滴水珠的形式在世人面前展颜，这样的方式是惊心动魄的，而我们也就在这一滴滴的水珠里感觉到了那个巨大的深渊的存在"。的确，在朴素、简洁的背后，他总在暗示一个更大、更深远的世界。

　　但我们不要以为人邻只是一位静物写生的画家，在缓慢的、折扇般的展开之中，他也在积蓄、凝聚、集中着力量，那是一种尖锐的、针刺般的力量。

人的，水滴

给额上的灯牵引，行走于

虚无巨大的空洞的根。

那灯，死亡的玻璃花。

胆颤心惊提醒着的玻璃花。

巨大的齿轮采煤机

严肃着

煤的脸。

它有着整整 600 米的厚度。

那些煤层

比我的手里正飘落着词语的白纸

比咬啮着黑苹果煤层的我
衰老更快。

而一首诗正在形成
一吨一吨的黑色硬壳。
比死亡，
只稍稍早了
突然的一秒。

　　这首《在靖远王家山煤矿 600 米井下》正是此类诗歌的一个典型的个案。读到最后，我们是要像武侠小说里常说的，"浑身一凛"的。诗歌需要效果，复杂的情感也需要效果，人邻的诗，不追求那种强烈的震撼，也不索取廉价的"感动"，他只要你感到那轻微的，但也是清晰的、确定的、有痛感的一击，这就已经足够。"简单，没有错误，/ 放荡而善良，/ 只有微小的罪，微小的尚未命名的果。// 她现在还是青涩的。她的罪和美才刚刚开始"，"金属的水管 / 比野性的水，/ 更快地穿过水泥、灰色的砖，/ 突然松弛、空寂。// 穿过。/ 但还是留下了 / 铁的气味 / 给严寒活活冻死的 / 气味"，"整整一箱子刀子，/ 最后插入的那一把 / 插入了整整一箱子的尘土"，"女人给我沏茶的一瞬，/ 河水忽然加速。/ 我看见它们蜂拥 / 盲目而过时"。这样的诗，其实给读者留下了进一步思索、品味、想象的空间。它不是那种一次性完成和一次性消费的作品，它要求你一次又一次地回来，像对待普鲁斯特笔下的马德兰小点心一样，慢慢地体会，细细地咀嚼，一次又一次地重新解释和创造它的意义。

她是病的，
眼睛，灰茫茫；
想那些我永远也不会去想的事情。

她很美
一只眼睛有点斜。
她看着哪儿，我无法辨别。
她的眼睛
将哪一片风景遗憾地错过。

这样的女人
喜欢为痛苦的"蓝的气味"生病，
喜欢微微的苦涩。
她生病的眼睛里
那一片柔美的茫然
一再教会着我，
什么才是非常的和最后的美。

　　人邻的这首《我爱的那个女人——题画》非常有意思，这里面，也许包含着某些认识和破译人邻的密码。好诗人都有自己的一整套哲学。人邻好像就着迷于：美和疾病，美和茫然，美和迷离，美和别扭，美和错误，美和诸多既损害又增强她的事物的奇妙关系，这似乎正是美——如果允许我们把她再扩大一些，有关灵魂和精神的事情——的当代处境。所以人邻总是有点忧郁和有点忧伤的。这也使他获得了深度。作家习习指出："温柔而多情与刀子和锋利，是人邻身上的矛和盾，他能叫矛和盾那样相亲相爱，叫它们彼此抚慰，感知加倍的爱和疼"。他注意到："这些人稚气未脱，头发蓬松；/这些物质的新杀手，/眼神挑衅而厌倦"。但他自承："因我也是柔弱之人/虽忍受伤害/而不为自己辩白；因我也是有罪、狭隘之人。//我这脆弱的人，/谁是我一生的虚无栏杆，谁是我最后的孤独玻璃灯盏"，"因为爱/恨出奇地温柔啊/这也许就是我此刻难过的理由"，"我爱怜。但还是渴求你白血的玫瑰，/要悄然翻过带刺的峰峦，/紧紧搂住我的脖子，说：/而我和你不过/相隔了悲哀的语言"。人邻拥有济慈说起过的那种"消极感受力"，即特别经得起迷惘和不安，也就是在这个意义上，他是充分认识并理解了这个时代的："谁有黯淡的温暖，请缓慢爱我，/直到夜色终于覆盖了我/从来就情感笨拙的脸。//有哪个善解的女人/谙熟一个男人的真正疲倦，/谙熟他疲倦了还要疲倦的秘密，/沿碎裂的时光隧道，/使他真正变暗、充满"，"那些碎片。晴空下闪烁/刺痛的麦芒……要学会想象/那些玻璃。/它们是如何/粉碎了词语的黑暗开关"。至此，他也坦然认可和接受了诗人的当代命运，那就是继续写下去，写得更多和更好。让我们以他的这首《我得慢慢煮好一小锅豆子》来结尾：

天突然冷；我也似乎是突然
感到了一点寂寞。
这点寂寞，也有一些是
来自我正在读着的那些幽暗的诗歌。

那么多的诗歌
认真地在我的目光里走过，
不是一匹马，什么也不是，是一些秋天的草
难以确定的忧伤的银白泥土。

我的炉子上
正煮着一小锅豆子
乡下朋友带来的
味道和热气弥漫开，它们是那么的经久。

我把火压得很小，我真的
把火弄得很小。似乎那么快
就煮好一小锅豆子，让人心疑。
似乎熟得更慢一些的豆子，才温暖得经久。 Z

# "果实"的来路

## —— 人邻诗歌印象

□ 胡 弦

多年前，一个朋友提醒我说：你要留意一下人邻的诗。仿佛是为了应和朋友的提醒，那年秋天，我在北京的一个诗会上见到了他。他很安静，偶尔谈诗，时有精辟的见解，给我留下了深刻的印象。但直到最近，读他的诗集《最后的美》，我对他的诗才有了一个较深入的了解。

人邻居兰州，但他是河南人。河南籍诗人，在西部多有大匠，像昌耀、李老乡。人邻也是出类拔萃的。他的诗多为短制，冷静深邃，质感很强。像《鱼标本》：

扇页般的是鳃骨，静穆，而整架的
白色鱼骨裸露、黯淡，一排肋骨
各善地别住灰白的空气，
和曾经活过的时光一样
刺一样地挑剔。

空气也可以别住？人邻对空灵之物的强行介入和把握让我惊讶。后来，类似的作品看得多了，我不再惊讶。我就想，在词与物之间，人邻大概找到了一种异于常人的关系，他对物象的体悟和表达，及由此产生的个中滋味，惟独他自己可以深尝。他在一首诗的后记中说："这首诗（指《金属水管》）的初衷，缘于十几年前。我试着写过几次，都失败了。这里面也许真的有叫我着迷的东西。"他对写作欲镜的深深迷恋使我确知，他和物象之间的联系，已经是类似于血缘的关系，而非我们通常所遵循的哲学上的关系。他的才华使他可以轻易地置身在这一境界里且不断有所得。

人邻的诗，画面感很强。他像一个画家，但不是中国画家，而应该是油画家。他的诗如果比作画，我想到的是高更的《两位塔希提妇女》，在画里，乳房也像盘子里的干果，这是西方人的天人合一。人邻的诗有这种"天人合一"的精神，在他的诗中，坚硬和柔软是合而为一的，幻觉和现实是合而为一的。"体物而得神"（清·

王夫之《姜斋诗话》），人邻显然深谙此道。

人邻也像古人那样，是精于炼词炼句的。很小的一个词，在他那里都像宝藏，他会用一连串的意向去打开它。像《果实》："这个词独独属于／那个耐心操作的人，／他反复校正，使果实更像一枚果实，／更圆，艳丽，怀春的浅褐色女人一样／饱满／果实这个词，因为一个健康男子的／使用，／充满了，性欲的果汁；／这个词因为一个健康男子的使用，／而充满了生殖的幸福。"

这是一个词，一首诗，也是对他写作心得的概述。他沉浸在和词语相遇的喜悦中，沉浸在汉语的美满婚姻中，他和那些词语心心相印，天然地掌握了其中最显而易见也是最奥秘的意蕴。健康的写作，充满了爱和生殖的活力，这是"果实"本身，也是它的前身和后世。人邻的诗使我想起了一个汉学家的话：咱们的汉字，每一个偏旁都是有意义的。

人邻的诗，还常常有某种悲剧意味，这从他诗集的名字《最后的美》中也可以隐约看到。美总是让人心疼的，最后的美更让人痛惜，还夹杂了一丝丝绝望的气息。"每一个傍晚和黎明，我都看见那些／无力的悲哀，同样无力的幸福"（《你说》）；"潮湿河滩上蟾蜍的缓慢挪动／有着难以描述的／大地挪动时——土色膝盖一样的／艰难的孤独"（《蟾蜍》）；"但我最美的，／是玫瑰的灰、玫瑰的白，／是隐约的——火的灰色，／是最美的灰烬——玫瑰的白，／是灰和白的悲哀，／大地的雪和露水，雪和露水的忽然消失"（《美与消失》）。

这才是他写作的立足点吧。从这个角度望过去，他是激烈的，他的心是疼痛的，他的诗已突破了技巧，对这个时代有所交代。诗歌之花终于结出了"正果"。他的短制，终于显示出了境界的"大"来。 Z

**PENG YAN JIAO**
# 彭燕郊

〔1920—2008〕

　　现代著名诗人、学者、编辑家。"七月"派代表诗人。原名陈德矩，福建莆田人。1938年参军，历任新四军宣传队队员、战地服务团团员、中华全国文艺界抗敌协会桂林分会理事等。1939年起发表了大量有影响的抗战文学作品。

　　1947年在反内战反饥饿运动中被捕，关押11个月。1949年绕道香港转赴北京，参加第一次全国文学艺术界代表大会。建国后历任《光明日报》副刊编辑、湖南大学中文系副教授，业余编辑出版《湖南歌谣选》。1955年因"胡风反革命集团案"被捕，释放后在工厂劳动近二十年。1979年任湖南湘潭大学中文系教授，主编民间文学杂志《楚风》和大型译诗丛书《诗苑译林》。

　　代表作有《东山魁夷》、《小泽征尔》、《钢琴演奏》、《混沌初开》等。晚年创作的逾千行长诗《生生：多位一体》被誉为"构筑起二十世纪汉语的精神史诗"。

# 彭燕郊诗选

## 雾

镇日沉沉地罩着雾。

弥漫过海堤，盐场，埔坂，薯园，和这儿的低冈，稻亩……雾，神秘地，含蓄地，掩蔽了远近，缩小了视力的限度，如泥醉的乡人，涎着脸向不相识的人纠缠，絮絮叨叨，迟延不去……

很早，我就起来了，没有想到今天会是罩雾的日子。雾粒像梅雨般筛在户外，并不冷，但有点黏性似的，留在衣上，而庭院，和庭院外的小径，也是半湿的。

坡上的荔枝树列，和岭沿的土地庙，在隐约缥缈的雾的掩盖下，显得格外可亲。还有那些探首在大地之上的小生命：草芽，幼虫，种子……都像含着笑般，不，简直是屏息地，忍住了笑的——一切全都怎样酷肖一个待嫁的姑娘呵，满有把握地，自信着好日子就要来临。

还有那些村庄，把晨炊混合在紫雾里，静静地，含情地，在春之酝酿里，自得地微笑着。

常青的龙眼，脱了叶的乌桕，和从来没有褪过色的榕树，马缨，棕榈，相思树，洋槐……树林，果园，排列起庄严的仪仗，迎迓春天。

雾，慈爱地，柔情地，拥抱了大地……

棕色的泥浆，也吐出浓烈的芳香……

桃花和李花都已开放，氤氲的香味，散播在通到市镇的石板道上，报喜着春之来临……雾，耐想地，惹人思恋地，引诱着万物的生机，向上升引。

从那边，从海和山的交界处，到看不到的地方，雾，孕妇般漫步着……

她给春天的大地哺乳，圣洁的，崇高的，母性的雾呵。

春天已经开始了，我喜欢雾。


## 母性的……

南方是美丽的所在
那里有母性的南中国海，海样慈爱的我的母亲

在我的记忆里，母亲和海
总是不可分开地交融在一起
年纪很小的时候，我常常在半夜惊醒
当我做了噩梦
梦见母亲被恶魔夺去，或者
母亲的脸上竟然有了皱纹，我就哭了……
母性的南中国海养育了我明洁的童心
她那宽阔的姿态遗传给我，她那起伏的胸脯
曾经是我的摇篮
在这儿，我总禁不住地喜欢
这儿的大平原也是母性的
人们都捧着慈爱的心奔走在这里——
当我还没有来到这个世界上来，那时
我的第一件衣服
就是作为母亲血肉的一部分的
红色的胎衣——我从来没有脱下过它，从来没有
母亲由衷地疼爱我，完全出于母性
放浪的、桀骜的我虽然为亲邻所不齿
每次，当我流浪归来，母亲总不会
加我以责骂和冷落，总用含泪的双目
注视披在我身上褴褛的破衣
母亲呵，如果你知道，那时
我正在酝酿着一个更长远的、更冒险的流浪
你该会怎样着急呵——我知道你不会恼恨我的
今天，在这儿，我也要学习你
以由衷的爱，给予我们的土地……
奔走在这大平原上的人都是母性的
人们都以纯真的爱
和这担载着极大悲哀的大平原
互相默契，互相拥抱，互相抚慰彼此身受的灾难
母亲呵，当作看到你
我看到那些身穿军服的人，手抱着人民的孩子
用千百种温柔的动作娱乐着怀中的小生命
竟然忘记了自己痛苦的生活和艰难的斗争……
曾经听谁说过，只有兵士和妓女
才是最爱小孩的——不错，
继承了你，母亲呵，在我的男性里
也存在着许多母性的……
我敢说，在这世界上，除了母性
只有原野和海，是最美丽
可怜的人们呵，他们是以如此慈爱的心
拥抱这世纪的残酷的斗争！当他们沉醉地
爱抚下一代的幼芽时
他们的眼眶里

总是孕满泪水
如同他们举着那面鲜红的大旗时一样
母亲呵，在这儿我往往爱反复背诵：
母性的你，母性的海，母性的大平原……

## 柚子花开的地方

那时候我已经长大
开始把我的忧伤的头发留得很长很长

已经用不着你替我在白肚兜上绣花
开始喜欢穿大人穿的宽大的蓝布大褂

那时候我的心已经成熟了
已经开始懂得那叫人难为情
可又十分温柔的事

那时候我们总有那么一点点小小的狡猾
躲开别人，两个人在一起
去山上捡松球，去田里摸螺蛳

我总是在别人看不见的地方等你
等你洗好家里的碗筷，喂完家里的小鸡

等你把在古井边洗好的衣服放到木桶里
大大方方地到河边来过水

那里美丽的风景
那是柚子花开的地方

在那里你总是玩着发辫上鲜艳的红头绳
总是摆荡着你那从肩上披下又拖到胸前的发辫

你把荔枝核做的小水桶送给我
还有用彩线织的樟脑丸的香袋

在那里我不再蹦蹦跳跳
有时候我真的很像一个恋人
无言地撕着花枝的树皮，把树液往指甲上涂了又
　涂

在那里我总是装作没有听见
妈妈喊我回去吃饭的声音

我们快乐地沐浴在河水的反光里
而弯着腰洗衣服的你
是美丽得就像新月一样

你那精致的小脸又白又红
在那柚子花开的地方

那时候我们还不懂得接吻
嘴对嘴也已经够叫人销魂了

天旋地转中，透过你起伏不息的胸脯
我分不清听到的是你的、还是我的扑扑心跳

"我喜欢你，我和你好……"
最难忘是你喘息中急促地说给我的悄悄话

当我们分别的时候我告诉你
我要到外面世界去流浪
我相信我们的爱情会因苦难而更加美好

对那些很会说"我爱你，我爱你"的城里姑娘
我只有茫然地笑笑罢了

我相信我们的爱情虽然幼稚但却真实
而现在，别人告诉我你已经出嫁了

而你，我的和柚子花一起活在我的记忆里的
少女里的柚子花，你会原谅我吗

流浪的路上，我的辛酸，我的惆怅，我的挣扎
还有我的遗忘——我把你埋藏在太深的心的深处

以致我忘记了我们约好的团聚的日子
忘记了在那个日子以前回到你的身边

## 画仙人掌

一只只紧握的拳
一块块平板的手掌
突然伸出的一根两根手指
那么多粗暴地
向四面八方射出去的箭

一味的绿……
没有深，没有浅
没有中间调子的柔和转换

光和色彩
难道不就是绘画的语言？
首先是色彩——让光无限地丰富起来的色彩
想想吧，如果能够
把彩霞研成粉末，然后
用春天的雾的小点子来调制
稠呢，就让它稠得和蜜一样
轻呢，轻得就像烟的影子一样
呵，那样的创作的愉快！

花吗？从来都是这样画的
用游丝一样颤动的线来描
晕染它，让水分像风一样地流动……
画那花瓣上陷身在光里面的光
画那叶的透明里的不透明
和那花枝，站在晨光熹微里
在月色朦胧里的婷婷花枝
然而，怎样下笔呢
没有披离的叶
没有袅娜的枝
当然也没有沉醉在美里面
也使人沉醉的花

那些花
都有着我们这些欣赏者给予它的
美的自觉和美的自信
形成那么一种生动的风致
有着那么一颗惹人喜欢的袒裸的小小的心
婴孩般的单纯，少女般的安详
小伙子般的富于幻想而且有些顽皮
不止是逼真
而且要画出那真正的天国的愉快
多么难呀，这些花！
可是这里——线条吗？
罗丹不是说过：
不要相信有什么线条
确实，有的不过是些简单的
球形、扁平体，和凌乱的刺
捕捉那光，那在物体上千变万化的光

点染那色的层次……该多么愉快
可是这里……
塞尚不是说过吗
——物体，都是由块、面组成的
那么，仅仅是这样一些球形，一些扁平体
一些无规则的刺的……块和面吗？

这也是花？
这没有枝，没有叶
当然也没有花……的花！

我不能够画了
因为我总是想着那些花
而这里
这些带刺的简单的形体
它不需要描绘，不需要赞美
当你……心里想着那些花
还有那花盆
——它们怎么搞到花盆里来了？

## 落叶树

冬日的老树已脱落尽树叶
瘦削的、尖细的枝条密集着
向铅灰的天海
撒出网

冬日的老树静静地伫望着空茫
因为美好的愿望而有深沉的耐性
虽然铅灰的天海很久没有泅泳过的
一鳞半爪

冬天过去了——春天就要来到
老树的网依旧张着
向茫阔的天海
摸索希望

二月，乳莺啼了
落在老树的网里
像婴孩落进摇篮
欢快地噪叫着跳跃着

春的绿色的身体

被拥抱在树的千百只手臂里了
春天善良的心
祝福着新萌芽的嫩绿叶子

听见乳莺的春歌
老树愉悦地笑了
鲜嫩的叶子到处冒苗
它网到春天——春天真的来了

## 荒原上的独立屋

荒原上兀立着一座小屋
宽阔的风里
荒原是寒冷而寂寞的
而它兀立着
遥远地，向着城市

它的窗户
好奇的眼睛似的睁着
在广大的荒原的广大的寂寞里
像是有一种不能压抑的深长的爱
它注视着繁华的城市

它注视着
用一只野兽
注视猎人布下陷阱的姿态

它注视着
用一个哨兵
注视着构筑于前方的敌军阵地的姿态

## 爱

爱是这样的，是比憎还要锐利的，
　　以锐利的剑锋，刀刀见血地镂刻着，
雕凿着，为了想要完成一个最完美的形象
　　爱者的利刃是残酷的。

激荡的漩流，不安宁的浪涛，
　　比呼救的信号还要焦急，深情的双眼闪烁着，
找寻那堤坝的缺口，急于进行一次爆炸式的溃决，
　　爱者，用洪水淹没我吧，我要尝尝没顶的极乐！

去，站到吹刮着狂飙的旷野上去，
　　站到倾泻而下的哗哗大雨里面去，
爱者，狠起心不顾一切地冲刷我，
　　更加，更加猛烈地摇撼我，让我感到幸福！

而且执拗地纠缠我，盘曲的蛇一样
　　紧紧地，狂野地抓牢我，
以冲击一只小船的滔天巨浪的威力，
　　以那比大海还要粗暴的威力，震动我！

不是心灵休息的地方，不是的。
　　爱者呵，从你这里，我所取得的不止是鼓舞和
　　　　抚慰；
这里，往往少一点平静，多一点骚乱，
　　爱者，你的铁手的抚摸是使人战栗的。

心灵撞击心灵，于是火花迸射，
　　随着热泪而来的，是沉痛的倾诉。
爱是这样地在揪心的痛苦里进行的，
　　在那里，在爱者的伴随着长叹的鞭挞里。

安宁吗？平静吗？不！池塘里有一泓碧水
　　澄清地照出一天灿烂的云霞。
但那只是云霞，云霞的绚丽，云霞的瑰奇。
　　而澄清的池塘失去了它自己。

而沐着阳光的晶莹的心灵
　　却以其结晶体的多棱角的闪动，
以千万道颤抖的光芒的跳跃，迎接着光和热，

爱者心辉的交映就应该是这样的。

多么苛刻，多么严峻而且固执，
　　只想成为彼此理想的体现，爱者和被爱者
是以如此迫不及待的心情
　　奔向对方，去为自己的理想找寻见证的。

而他们也都终于看到了并且得到了
　　捧在彼此手上的那个血淋淋的生命，
那突突地跳着，暖烘烘的理想
　　赫然在目，这生和死都无法限量的爱的实体！


# 银瀑布山

银瀑布山，我爱看你穿白的衣裳
也爱看你穿水红的衣裳
每次看到你浑身雪白
都好像是第一次看到你
看到你全身披着朝霞——
那黎明时美好的憧憬
水红的衣裳衬着你永恒的青春
我几乎不敢再看你，你太动人了

银瀑布山，你纯洁的身体
让白色的衣裳带着尊严
水红的衣裳带着难以抗拒的挑逗
轻轻地我挨近你
抚摸你冰凉的手腕、柔滑的衣襟
带着胆怯，带着虔诚

哦，为什么我不敢把你丰满的身体
抱进我火热的胸膛
为什么我不敢把我颤动的双唇
印上那吸尽我的灵魂的小嘴——
那峰顶上无穷深的深潭
让我整个儿在那里溶化
却只有在你身边逡巡，逡巡

银瀑布山，我没有给你留下什么

留下的只有你身前身后所有的脚印
它们正在雪水里消融，逐渐无影无踪
我说不清，在我心里
好像有什么东西，随着那些脚印
在一道消融……
毕竟，我只是一阵风，南来的风


# 一朵火焰
## ——呈孟克

一朵火焰，有柔和的光
恬静的、越看越亲切的光
并不摇晃，并不闪烁
可以长久注视的光

一朵火焰，水晶般迷人
平滑的棱面里，火花在熔化、沉淀
凝练成半透明的液汁
轻微的颤动里，映现着一个世界

一朵火焰，缓缓地散布光芒
幽静的光波悠悠漭漭
隐隐约约的声波
伴奏着火焰难以抑制的扩散

一朵火焰，把我的全身包裹
温软的、细腻的光芒
丝丝缕缕地把我缠绕
知道我有一颗幼小的、稚嫩的心

一朵火焰，靠近我，把我的心照亮
每一道光的跳动都掩映在我的心上
每一道光的流荡都折射在我的心上
和着每一次增强后的减弱，微暗后的复明

一朵火焰，平凡的圣迹
在它的每一个斜面和尖端上
在所有的金红的雾霭和阴翳里
殉教者般地发光，但不耀眼，也不刺目

# 怀赤子之心，抒赤子之情

## ——彭燕郊新诗导读

□ 董岳州

　　"诗人者，不失赤子之心。"这是彭燕郊先生非常喜欢的一句话，也是作为诗人的他一辈子实践着的一种人格。他参过军、坐过牢、办过工厂、当过教师，拥有坎坷而传奇的一生，而其诗路历程一如他的人生历程一样，坚贞且深怀"赤子"之心，他的诗艺也就是抒赤子之情，除此而无它矣！

　　彭燕郊的诗歌创作可以分为这样三个时期：二十世纪三十年代末到五十年代初、二十世纪五十年代中后期到七十年代末期、二十世纪八十年代之后。1938 年，年仅 18 岁的他就参加了新四军，在此期间，彭燕郊如饥似渴地阅读着各种书刊，并有幸结识了聂绀弩、辛劳、邵荃麟等诗人和散文作家，从此开启了他朝花初绽的诗歌之旅。四十年代初，他来到当时被誉为"文化风向标"的桂林，在胡风、艾青等影响下，爆发出了其诗歌的第一次能量。他在《七月》、《诗创作》、《文化杂志》等刊物上发表了大量作品，成为一名重要的"七月"诗人。由于身处战争熔炉，此期的诗作多半表现了他对战争的认识和对个人生活的体验。《路毙》通过暴尸野外的士兵控诉了战争的罪恶，《萎绝》通过对难民逃荒惨状的描述表达了无穷的愤怒，《杂木林》则讽刺了统治者的高高在上和对底层人们的压迫。同时诗人还把目光瞄准了母性、农民、土地等，体现了对家人的热爱、对自然的向往，以及对麻木、自私、愚昧、落后等国民性格的强力针砭。《春天——大地的诱惑》抒发了对自然、山河的深沉热爱，《妈妈，我，和我唱的歌》抒发了对母亲以及像自己母亲一般女性的礼赞，《殡仪》刻画了因贫苦而对命运的改变抱有妄想的农民形象，《山民》把矛头指向了农民的盲目自尊和心胸狭隘，《小牛犊》写出了那个时代对农民的精神压抑。

　　二十世纪五十年代初，彭燕郊的命运与湖南紧密地联系在一起。相对平静地度过几年大学教师生涯后，1955 年因受"反胡风"运动的影响而被逮捕入狱，后被下放到街道工厂劳作长达 23 年之久。在这段时间里，由于被剥夺了艺术创作和自由发表作品的权利，诗人只能在令人不安的时代里，默默地进行"潜在写作"。他的作品主要表现一个没有任何权力的人，在一种极端恶劣环境中的迷惘、痛苦和思索，以期实现精神的自我救赎。《空白》实录了自己在监狱时对生存的绝望和虚无，《寻丫》以自我解嘲的方式深挖自己的罪状，以辛辣的笔调讽刺了强加于他身上的各种罪名，《耻辱》则写出了耻辱像蚂蝗一样吸附在人的躯体上，使"人固有的尊严被践踏"从而失去了本来的面目而无脸见人。身处特殊的历史时期，诗人的创作在诗歌数量上并不突出，但其思想艺术质量仍不容小觑，反而展现出较高的艺术水准，也为诗人重获自由后走向新的创作高峰，奠定了坚实的基石。更为难能可贵的是，在那样恶劣的环境下，他依然以顽强的毅力坚持诗歌创作，抒写一种诗人的赤子情怀，值得我们许多当代诗人敬重。

"文革"结束，诗人重新踏上大学讲台，"宣告"了自己人生与诗歌创作的双重回归，开始攀登一座又一座高峰。正如他在《旋梯》中写道："螺旋形的规律是：终点也不是结束。/攀登者把过程留给脚下的梯级，/它们正在殷勤的转折中进行有节奏的退却。"诗人以这样一首自我励志的诗歌作品，开启了他新的征途。1978–1984 年，诗人以其旺盛的艺术生命力，创作出了一大批佳作，除山水自然诗如《漓江舟中作》、《画山九马》等"桂林组诗"外，诗人更是前所未有地写下了与艺术有关的诗篇，如《钢琴演奏》、《小泽征尔》、《金山农民画》、《东山魁夷》、《陈爱莲》等。在这些作品中，诗人娴熟地把绘画、音乐、雕塑等艺术元素融入诗歌的肌体内，让诗歌散发出一种别样的魅力。这样一种取向表现了那样一代人在经历精神匮乏后，迫切地渴望要以艺术来抚慰自己曾经的伤痕，冲淡梦魇般的记忆。不过，此时的诗人已经以自己的优秀作品所达到的思想艺术境界超越了自我，超越了同人，走在了新诗艺术探索的前列。1985 年前后，西方现代主义在中国诗坛大放异彩，作为诗人的彭燕郊身处浪潮之中，又再次经历人生的波折，他像以前一样地没有被击垮，而是勇于冲击，踏浪前行，编辑出版一部部外国诗歌经典，在诗歌创作与翻译上披荆斩棘，树立起一座座新的丰碑。年事已高的诗人却能历久弥新，不能不说是一个重要的奇迹，其晚年的一系列重要作品如《罪泪》、《德彪西〈月光〉语译》、《无色透明的下午》、《混沌初开》、《生生：多位一体》等就是这种艺术奇迹的生动体现。在这些作品中，诗人呈现出了自我与历史及现实各个层面的关系，表现了诗人对社会、文化、人性的多向度思考，带有一种强烈的主体自觉性，因为他的许多作品以"赤子之心"，表达了一位杰出诗人内心的"赤子情怀"。

从总体上来说，彭燕郊一生的诗歌作品，体现出了以下四个方面的鲜明特征：

一是特别注重对自我个性的表达。彭燕郊诗歌始终保持了诗人自己鲜明的个性化审美特征。早期诗歌受到艾青、田间等诗人的影响，打上了"七月"派的烙印，但仍然有着独立的审美个性：在关注时局的同时，更多关注身处战争中的人的心理、灵魂和生存状态以及自我的内省，表现出从精神奴役的创伤下突围出来的艰难历程。这与只关心民族战争、内容单一的其他诗人，有着很大的不同。《春天——大地的诱惑》不仅表现出艾青《大堰河——我的保姆》里对土地、河山的赞美和热爱，更表达了对回归意识和精神家园的追问。在《妈妈，我，和我唱的歌》中，诗人深情地表现了对母亲和母亲式的女性的爱恋，并揭示了底层人民精神上的麻木、愚昧、消沉。《杂木林》通过内心独白式的抒写，表达了对自我精神的内省："我"熟识杂木林里的每一棵树，每一片树叶，每一根树枝，甚至每一棵树的性格，因为"我"在这里流连忘返，治疗内心的创伤，"我"和它深情地告别，就像告别了永劫。二十世纪五十到七十年代，成为了诗人永远的炼狱，在强大的压力和空前的精神危机中，诗人没有像大多数诗人那样放弃自己的所爱，而是以惊人的毅力秘密从事诗歌创作，保持了个性化的审美特征。《空白》叙写了自己在狱中饱受折磨后的情绪失控，表达自己深刻的内心体验。《真与假》虚构"时势英雄"和"背时鬼"的对话，批判了社会的不正常和对人格的摧残，呼吁人性的回归。进入新时期以后，年过六旬的彭燕郊，又一次焕发出新的创造活力，审美个性得到更大的张扬。在创作出优美大气的"山水"组诗和别开生面的"艺术"组诗后，大踏步地向着一个新的艺术高峰迈进。诗人在《无色透明的下午》的结尾处写道："我的光，我将永生永世依偎你/吮吸你芳香的乳头，/咬紧你芳香的乳头，/记忆的乳汁永不会枯竭。"一个物质虽然匮乏，但有了精神依托的诗人形象跃然纸上。在《德彪西〈月光〉语译》中，诗人这样说："我寻找、寻找失落在广大世界上的另一半。/我是破船的碎片，我是失去桨叶的一把桨柄。/我寻找被扯散了的我的另一半，/只有它听懂我无穷的惆怅。"在这里，诗人以自我的方式道出了现代人缺乏慰藉、灵魂焦渴的心灵隐痛，生动地刻画了一个找寻失落人文精神的知识分子形象。彭燕郊晚年的两首代表作《混沌初开》、《生生：多位一体》，更是将诗人的个性表达推向了顶峰。《混沌初开》共分五节，是一部二十世纪中国知识分子自我否定、自我反思、寻求超越的精神史诗。这首诗以宏大的结构、全新的理念、新颖的写法和艺术的创新，开启了中国当代新诗前所未有的高度，是一部回顾过去、开拓未来的重要作品。在这两首作品中，诗人力图揭示人之为人，生命之为生命的谜底，折射出现代人在时代的浪潮中信仰缺失、生命力萎缩、心灵异化的困境，诗人认为混沌的宇宙是人类的"归属、根基和依靠"，是一种跨越时空、生生不息的运动。这种个性化的审美表达和所达到的思想艺术高度，是彭燕郊对于自己与他人的新的超越。

二是对于一种特别的散文美的追求。中国古代诗歌讲究押韵，格律严谨，新文学运动兴起后，这种局面被打破，诗歌由原来的韵文诗逐渐向"散文化"与"自由体"转变。彭燕郊顺应时代的要求，紧贴时代的步伐，创作出一篇篇旋律优美的诗歌作品。诗人非常重视诗歌的散文美，所以其作品多半是自由诗和散文诗，而自由诗同样具有散文美。他认为现代汉语诗歌在"散文化"之后虽然可以不押韵，但还是得有一定的韵律，最少要有音乐性和节奏感，不然可能就与散文作品没有什么区别。"我是听着波涛的絮语长大的，我用它雕凿青色血液的意中人，她的美好是如此离奇地天然生成，独一无二而无可代替。波浪的絮语不疲倦地把我摇晃，摇晃，一天又一天，我细心地在她身上铭刻海的音符。她身上的彩色花纹里收藏着海的恋情，胴体的隐秘处，沉郁的记忆的芳香由淡而浓，由弱而强。"这是《德彪西〈月光〉语译》里的一段话，读起来真的如沐春风，仿佛置身于一部宏大的交响乐曲中，音乐旋律如海潮般不断地扑面而来。音乐性不仅在他的一些音乐组诗如《钢琴演奏》、《小泽征尔》、《东山魁夷》、《陈爱莲》中体现得非常明显，在其他的诗歌作品中同样如此，只是程度的轻重不同而已。彭燕郊的诗歌语言节奏感也非常强，读他的诗歌我们能感觉得到情感的起伏、思维的走向、思想的跃动。《柚子花开的地方》是彭燕郊为数不多的直接抒写爱情的诗歌，诗人以他诗意的语言，强有力的节奏，写出了一对年轻男女恋爱时的甜蜜，分别时的辛酸，情感复杂的人物形象宛如眼前，凸显出一种别样的散文之美。而《混沌初开》、《生生：多位一体》就像是两部宏大的音乐作品，阅读的时候一种内在的节奏感油然而生，并且令人回味无穷。试想如果没有这样的音乐性、节奏感与散文美，这样的长诗恐怕很难读下去。诗人正是运用他高超的创作才能，选择一种独特的散文美的艺术追求方式，为广大读者奉献出一首首富有音乐性、节奏感和韵律美的优秀诗篇。

三是多种多样的艺术形式。彭燕郊的诗歌作品在艺术形式上是变化无穷而丰富多彩的。在他的诗歌世界和艺术殿堂里，有斑斓的意象和色彩，有音乐的韵律，有古典诗歌的空灵和民间诗歌的质朴，有寓言式的情节，有散文的铺陈和描画的随意，有戏剧的对白和场景的转换，有杂义的嘲讽和檄义的尖锐。诗人在许多作品中根据自我的感觉随意捏合、得心应手，程度已臻化境。这样的成就自然和他独特的个人经历、丰富的阅历和广泛的兴趣有关，更是和他自身不断学习、孜孜追求、努力创新分不开的。彭燕郊从小就对文学有强大的兴趣，还学习过绘画，迷恋过音乐和戏剧，然而并未受过专门的训练，却在这许多方面超越了前人，是相当不易的一件事情。《罪泪》是诗人在"文革"结束恢复人身自由之后创作的一首诗，在富有跳跃的散文韵律中，夹有戏剧式的对白和场景的转换，以及戏谑、嘲讽式的杂文语言。"眼泪水冒冒失失挂在眼角——可不是笑出来的，/沉甸甸的，像烧熔的铅，比烧熔的铅还滚烫，/太可怕了，这场合！谁愿意到这里来/看你的哭相？人们津津乐道的是你那装疯卖傻的"宝气"。/（小丑是不准笑的，逗人笑才是小丑的本分。因此，小丑也不准哭。）/让花钱买票的爷儿们开心/人家这要求不算过分。幸好/谁都不相信小丑也会哭，/就像谁都明白小丑不应该哭。"这一节中，诗人运用戏剧旁白、对比等手法，刻画出"爷儿们"和"小丑"的形象，揶揄讽刺，愤怒心酸尽在其中。他的许多诗并不拘泥于固定的形式，也没有向中国古典诗词模仿的痕迹，而是自由自在地进行创造，完全是他自己的东西，是他自己的个性与气质的流露。也许这才是诗人一生中最可宝贵的东西，也是最重要的诗歌艺术经验。

四是丰富而浓烈的情感。彭燕郊的诗歌始终贯串着一种丰富而浓烈的情感，这种情感如果用一个字来概括的话，那就是"爱"：对家人的爱、对恋人的爱、对土地的爱、对祖国的爱。彭燕郊去桂林后就再也没回到自己的家乡，但他对家人和故土始终牵肠挂肚，不少的诗歌都体现了他对家人尤其是母亲，以及对土地的无比热爱。在《母性的……》、《妈妈，我，和我唱的歌》等诗篇里，诗人尽情地抒发了他对母亲和亲人的爱恋，情感力透纸背，读来令人动容。《春天——大地的诱惑》、《金色的谷粒》等诗篇叙写了对劳作在土地上的农民的麻木、愚昧的批判，也体现了对他们的同情和对土地的挚爱。爱情诗，彭燕郊写得不是很多，《柚子花开的地方》是他为数不多直接抒写爱情的诗篇，情感细腻、丰富而热烈。《银瀑布山》则是诗人很独特的一首与爱情有关的抒情诗，"银瀑布山，我爱看你穿白的衣裳／也爱看你穿水红的衣裳／每次看到你浑身雪白"，"哦，为什么我不敢把你丰满的身体／抱进我火热的胸膛／为什么我不敢把我颤动的双唇／印上那吸尽我的灵魂的小嘴——"诗意的语言描画了诗人对自己眼中的恋人——银瀑布山的热爱，也是对大自然、土地的热爱，更是对祖国大好河山的热爱。因此，读彭燕郊的诗，能体会出他各种浓浓的爱，而这些爱最后都汇入和升华到对祖国的爱。为了祖国，诗人离开了挚爱的亲人、恋人、故土，投入到滚滚的战争洪流之中，正是他深爱祖国的真挚体现。另外诗人在其大量的诗篇中，对社会、政治、历史、人性等进行了针砭，这种针砭同样体现了诗人对祖国深沉的爱，因为"爱之深"，才会"恨之切"。《小泽征尔》是一首与音乐有关的诗歌，貌似与社会无关，但背后却带有一种沉痛，体现的是一种"精神上的饥渴"，恰恰是对"文革"历史问题的深入思考与独到表现，并由此而呈现了它独特而重大的思想价值，以及对祖国的深切关爱。《罪泪》、《混沌初开》、《生生：多位一体》等诗篇亦是如此。

彭燕郊之所以在诗歌上能取得重要的突破，是因为：一是诗人个人独特而丰富的人生经历。他当过兵、坐过牢、接受过劳动改造，做过编辑、教授，传播过民间文化和异域文学，这些对他的诗歌创作产生了重要的影响。二是诗人特立独行的个性。诗人在时代的浪潮中，从来没有迷失过自己，没有亦步亦趋，始终保持了特立独行的个性，一生中都深怀着一颗赤子之心，从而坚持了自己的艺术风格，写出了一首首富有个性的诗篇。三是诗人永不止步的探索精神。诗人对诗歌艺术的探索是相当自觉的，即使在他坐牢、被审查改造、蒙受屈辱的时候，也没有放弃过这样的探索，即使在他年近九十高龄的时候，也没停止过这样的探索，体现了一种当代中国诗人中少有的执着探索、勇攀高峰的精神。四是湖湘文化的影响。湖南人历来秉承敢为人先之风，有着深厚的湖湘文化底蕴。彭燕郊虽然是福建人，从小在大海边长大，然而来到湖南之后，却深受湖湘文化的熏陶，坚守自己的个性，在困难面前从不低头，在任何时候都注重自由。一位诗人的产生不是无缘无故的，作为当代重要诗人的彭燕郊也同样如此，他就像一束火焰一样照亮着我们前行的道路！ Z

## 中国诗人面对面——刘向东专场

当有学生问他什么是诗,他说了五个字,"观世音菩萨"。"观世"是一个诗人在这个世界上的位置以及入世的态度,"音"关涉到诗的发声学,古诗是讲究音律的,新诗是讲究内在韵律的,"菩萨"是指任何一个诗人都应该具有菩萨心肠。

——刘向东

# 中国诗人面对面——刘向东专场

时间：2015 年 8 月 16 日　　地点：卓尔书店

□主讲人：刘向东
　主持人：田　禾

**田禾**：大家下午好！今天由我主持刘向东老师的讲座。

刘向东，河北人，1982 年任石家庄钢铁厂宣传部副部长，1991 年调入河北省作协，历任副秘书长、《文论报》主编、创联部主任，《大众阅读报》社社长、总编辑，现为专业作家。1993 年加入中国作家协会。《诗九首》和《母亲的灯》分获第八、九届河北省政府文艺振兴奖，组诗《记忆的权利》1996 年获中国作协抗战征文奖。1994 年当选首届河北省十佳青年作家。顺便说一句，刘向东老师是诗歌世家，写诗的人对他的父亲——刘章都不会陌生，刘章老师是现在《诗刊》老一辈诗人中为数不多的健在的诗人，是德高望重的文坛泰斗。刘向东老师去年以河北省文化厅的名义用他父亲的名字设立了"刘章诗歌奖"，我要感谢他们父子，刚好我是首届"刘章诗歌奖"获得者之一。我以前从来没有跟他们联系过，当他们告诉我的时候我很惊讶。他们父子对中国诗坛是有贡献的。下面，让我们以热烈的掌声欢迎刘向东老师给大家讲课！

**刘向东**：非常感谢大家，正是打瞌睡的时间，还来听我说话。本来交代给我的是一个讲座，后来临时改为和我们夏令营的学员进行面对面的交流，我没想到的是还有那么多成熟的诗人、批评家，还有我们当地那么多的诗歌爱好者在场。能在这样一个时间和大家面对面，客套的话我就不多说了。我想我今天要和大家说的重心是，对待诗歌，应该要采取一个什么样的态度？可能基本上是常识，但是又和教科书上说的不一样。其实，这和我们对待世界万物的态度是一样的，干什么有什么规律。对诗的态度最首要的一点就是把诗当诗。无论是读诗还是写诗，当你把诗拿过来的时候，我们首先要意识到我们读的是诗，而不是别的，写诗也一样，我们很多人的误区可能就在这里。诗，终归是一个魂牵梦绕的东西。有人要问我，能把诗歌解释清楚吗？我不直接回答，因为在我这儿，我从来不会提出"什么是诗"这样的问题，我只去感受它。也就是说在我的阅读和写作中，我感受到了它，我就会很有把握地说这就是诗，这是诗歌的一个基本原理。但是反过来说，我们能不能对它进行解释呢？是可以的，这就牵扯到了阅读，我们阅读的广度和深度决定了我们阅读的质量，甚至也决定了我们写作的质量。那么，在我们的阅读当中，我想指出，关于诗的最好的词条不是来自于我们的词典，而是来自于简明不列颠百科全书，第 7 卷第 239 页词条，由于时间关系，我就不细说它了。"诗，是运用语言的特殊方式"，这个等于白说，但是不这么说又不行，接下来又说："假设，诗起源于对丰收的祈祷，起源于最古老的语言"，从这个角度上来说，我们的前生前世基本上每个人都是诗人，诗人也没有特别的地方，接下来，它就举了很多诗人对于诗歌的解释，比如说"诗是舞蹈"，"诗是散文表达过程中不能表达的部分"，这些解释都很精准。我觉得看十本诗学专著，不如认真读懂这一个词条。

在我们的古典文学中，最让我感动的是《红楼梦》的第四十八回，黛玉与香凝谈诗，香凝作为一个丫鬟都能够对诗有那么好的感悟，可见古人都是诗人了。有一些诗的小故事，对大家的启发或许更大一些。比如，西南联大有个教授，叫刘恩典，他是研究庄子的专家，他被西南联大开除之后，他就到云南大学去讲课，他经常在云南大学的校园里，面朝西南联大，来与西南联大抗衡，当有学生问他什么是诗，他说了五个字，"观世音菩萨"。"观世"是一个诗人在这个世界上的位置以及入世的态度，"音"关涉到诗的发声学，古诗是讲究音律的，新诗是讲究内在韵律的，"菩萨"是指任何一个诗人都应该具有菩萨心肠。我记住了这五个字，对我的启发非常大。类似的例子还很多，我就不一一列举了。

那我如何概括诗呢？相对于事物来说，它是超越事物一般状态的感觉，相对于生活，一定是生活的意外，不是生活本身，一定不是直接介入生活，而是直觉的介入。那么，在现代诗学当中，解释可能会更深奥一些，"诗，是个体生命和语言的瞬间展开"。古老的诗学观念我也不反对，但是一定要把它正过来，比如说"诗言志"，这句话来自"诗者，志之所之也"，"志"不能简单地理解为志向，或许我们把它理解为"三国志"的"志"更好。"志之所之也"所强调的是诉说的过程和方法，"志"是作为动词来使用的。也就是说，"诗言志"强调的是写作的过程与方法，而与你要表达志向等没有多大关系，这是首先要明确的一点。

古人对诗的认识是趋同的。比如，严羽的《沧浪诗话·诗辨》里说，诗是"空中之音，相中之色，水中之月，镜中之象，言有尽而意无穷"，非常精辟，没有一个意向是实的，近乎影子，但是它一定有一个实的参照物。

接下来，我想跟大家说一说阅读与写作。阅读是非常要紧的。有些人是天才，具有非常好的诗性直觉，在我身边就有这种老头，快八十岁了，烧锅炉的老头，没怎么念过书，他见我们经常写诗，有一次他望望天，看看地，然后对我说："云清疑有影，地大动无声。"还有的老太太退休之后，经常来听我们的讲座，到公园里转一转，回家也写诗歌，然后拿给我看，"最是蝶儿真大胆，人前亲吻小黄花"。他们都写得非常好，这样的人是非常有诗性直觉的，这是天才。但是这并不妨碍我们来认真地积累、阅读、研究、体会诗歌，这是非常有效的。古人也说过"熟读唐诗三百首，不会作诗也会吟"，说的就是这个意思。我觉得一个有雄心、有才能的人应该广泛阅读不同类型的经典，打开视野，增强感受力，不是为了仿写，而是为了知道应该超越什么。欣赏一首诗，还有一个关键点，那就是不要揣度诗人想什么，说什么，而是要把它和你自己联系起来，理解一首诗的前提是理解你自己，而不是去理解别人。我们现在还很欣赏杜甫、李白，那我们读到的是真的李白和杜甫吗？是原生态的吗？已经不是了。但是真到了自己写的时候，并不需要那么多的开放状态，不需要那么多的信息，只写你命里面有的东西就够了，凝神静听，默想谛听。真正进入创作状态的时候要把自己稍稍地封闭起来，静思默想，如果要那么多的信息干扰你，那诗是写不好的。我想顺便说一下，从精神分析学上来说，诗人大体上是自恋者。可是我们的读者恰恰反对的就是诗人自恋，这个问题出在哪里呢？我想是诗人有个角色转换没有处理好，如果诗人把自恋转换为对诗的迷恋、沉浸，这个问题就成功地解决了，如果诗人拿出了好的文本，读者就不会反感诗人。

接下来，我想跟大家聊一聊古典诗词跟新诗的关系以及新诗所面临的最突出的问题。每次在我谈诗的时候，我基本上不分古体诗词、现代诗或者新诗，我没有这样的观点，我认为它们是一脉相承的，本质是一样的。有些新的诗人会退去写诗词，与其说是表明了诗词较新诗优越，实际上不如说是新诗比诗词更难写。古体诗和新诗在表达上有所不同，作为诗歌本质却是相通的，那就是新诗是可以返祖的。比如舒婷的《双桅船》，"雾，打湿了我的双翼，可风，却不容再迟疑。"转换为五言诗，即"雾湿双桅翼，风吹一叶舟"，七言为"雾虽湿翼双桅重，风正吹舟一叶轻"，这样很容易就把新诗翻译成古体诗。再如冰心的《春水》，"黄昏了，湖泊欲睡了，走不尽的长廊啊"，稍一排列组合，便可以变换为五言诗"湖水倦黄昏，长廊行不尽"，七言为"湖泊欲睡黄昏至，不尽长廊缓缓行"。我承认古诗翻译成新诗比较困难，弄不好就成了白开水，原因是古诗的基本语义单位是句子，而新诗的基本语义单位是词语，把词语组成句子相对容易，但是把句子拆开重新组织比较难；还有就是很多翻译家犯了一个错误，采用了一对一的方法，就是一句古诗翻译成一句新诗，完全对着翻译的，应该把古体诗词打碎，重新提炼，照样可以变成新诗，这就是古体诗词和新诗血脉相承的地方。这一点，国外的很多大诗人比我们做得好，他们不知道用现代汉语一对一地去翻译，他们只是把诗意提炼出来。另外，我想说凡是新诗写得出色的诗人，旧体诗的功力都非常好，无一例外。像于坚，他枕头边上放的是《唐诗三百首》，他天天读，几十年不倦；像西川，他是从写古体诗词起家的，他对古体诗词门儿清。还有像我的老师陈超先生，他研究的是古典文学，搞的是先锋诗论，所以他的新诗是非常古典的，他有时候用反传统的方法，有时候甚至又用传统的方法。那么反过来，在当代古体诗词写得好的人，一直在认真地默默关注新诗，甚至有些小说家也在关注新诗，例如刘醒龙，他是很好的小说家，读诗比读小说多，他的文章里面常常会有这样的句子，有时候我们都不禁称其为一首诗的时候，他觉得它们对小说的生命发挥了巨大的作用。比如说他有的小说中会写到"一碗油盐饭"，完全是凭借着诗性直觉，"前天我回家，锅里有一碗油盐饭，昨天我回家，锅里没有油盐饭，今天我回家，炒一碗油盐饭放在妈妈的坟前"。如果它不是借助了诗的形式，那它是没有力量的，它是不是一首好的现代诗，有待商榷，但是它却有诗的要素在里面。

下面，我要讲的是当下新诗突出的几个问题。

第一，我们对新诗缺乏敬畏，一再降低写诗的难度。尤其是网络写作，我们以为这是最容易的，但是表面上最容易的东西是最难的，有些人以为它自由，其实它是最不自由的。它不仅关涉到诗章，而且关涉到诗句；它不仅关涉到诗句，而且关涉到词语；它不仅关涉到词语，而且关涉到词素；它不仅关涉到词素，而且关涉到词根。一个对语言没有深入了解和把握的人，新诗是无法写好的。并且标点和空白都在发挥作用，这些都是表意的部分。

第二，是结构。我们觉得新诗是自由的，想怎么写就怎么写，但是现代诗的结构形式变动不拘，非常多样，每一首意味丰盈、技巧高妙的诗都需要临时发明出自己的结构方式，一个具象化的此刻都不同于另一个，因此每一个都必须意识到规则必须从内部重新开始。现在有很多人觉得写诗很简单，所以就瞧不起诗人，其实现在有好多好诗人写的诗非常深刻，它的生存、生命乃至语言、结构能力都非常了得，这需要我们认真去体会它。同时，非常要命的是意义误区。显而易见的是，一些概念意义大于诗性意义的诗作正是当下大量平庸诗的特征。那有的人会想："现代诗是不是可以拒绝追求意义呢?"不是，现代诗追求的不是本质主义一元化的意义，而是非常复杂的意义领域，拒绝的是集体话语而非个人的感受力和个人化的感知力，也就是说诗的意义不是公众语言所能表达的，一首诗需要在自身呈现一种意义参照，它是临时的、偶然的情境下的意义模式，或者是同诸多意义联系在一起的意义关联域，那么，诗给我们的绝对不是直接的意义，而是 1+1>2 的意义可能，它是悬置但不落实，它是许诺而不兑现。而我们常犯的毛病就是一上来就要把意义端出来，并且在道德上一贯正确，这是很多诗人的失误。在诗歌中一直存在着模拟要素与现实要素，存在着神奇与美丽的部分，真理与意义的部分，一个好的诗人所标的都是这二者之间的对话。我们写诗主要是聆听，读诗实际上也是聆听，即便是那些最成功地表达了本真日常经验的诗歌，有 80% 的可目击性，其余的在我们的目光和语义中不能透露，但可以更深层打动我们的幽暗的部分。我们有谁看到了诗呢？我们看到的只是符号，诗在语言文字的背后或者说在语言的缝隙之中。盲目追求意义的手段，非常值得警惕的就是强行注入或给予，而不是去揭示。所谓强行注入或给予就是诗人在处理材料时以单一的视点和明确的态度直接地拿给读者，显摆他的伦理判断，价值立场，情感趋向，这种诗歌表面上看来清晰透彻，但是实际上往往成为枯燥的道德说教。如果诗歌变为简单的道德说教，诗人就会在不期然中以一贯正确标榜所谓的正义、纯洁、终极关怀，让这些都站在自己一边，这样就取消了诗的多样性和与读者的平等对话。

那么，盲目追求意义最突出的标志是妄图在诗的结尾拔高。我们很多诗把最后一段去掉，大体上正好合适，我们最后一节往往是拔高自己的头发离开地面的。我们一定要记住一条：诗没有结尾，只有结句。当诗结句的时候，不是把门窗关上，而是把一个空间打开，让声音继续鸣响。

第三，就是形象匮乏。现在诗歌有两种，一是把事说完全，甚至都说不完全；二是完全地自白。诗，肯定是离不开形象的，"隐喻"或者"象征"无非就是用具体的形象来表达抽象的观念，在诗中，形象属于从属的地位，目的是为了表达"观念"，这完全是一种误解。真正的关键在于外界事项能不能与人的内心发生神秘感应。从技术上说，"意象"不是简单的"意"加"象"，而是"意"和"象"的反复相乘。"象征"也不是一般的修辞技巧，而是内外现实的相互融合。诗中的"形象"绝不是从属的工具，它自身拥有自己的价值。拿"树"这样一个形象来说，像牛汉先生有《半棵树》，曾卓先生有《悬崖边的树》，舒婷有《致橡树》等等，但是田原先生翻译的古川俊太郎的《树》别出心裁，他说：

看得见憧憬天空的树梢 / 却看不见隐藏在土地里的根 / 步步逼近地生长 / 根

仿佛要紧紧揪住／浮动在真空里的天体／那贪婪的指爪看不见／／一生只是为了停留在一个地方／根继续在寻找着什么呢？／在繁枝小鸟的歌唱间／在叶片的随风摇曳间／在大地灰暗的深处／它们彼此地纠缠在一起

他从树梢一下子就写到了根，但是他仍然是树立了一个树的形象，并且达到了根本。

第四，有些诗人写诗，靠回车敲打、强行断句制造节奏。一读这样的诗，我就憋气、胸闷，有话不好好说，偏偏这样的诗又非常多。反过来说，那些值得被诗歌书写的东西，都有自己内在的节奏，我们诗人要寻找它，呈现它，包括我们自身生命的节奏。好的现代诗，基本上节奏是事物自身的，内在的；不好的诗，节奏都是作者强行嵌入的。这一点不值得我们深入地说，但是值得我们考虑。

在这一点上，我觉得现代诗人里面做得最好的有两位。一是艾青。艾青的诗歌语言近似白开水，在走钢丝，可以说句句不是诗，而首首是诗。每一句拿出来都不是诗，组织在一起的时候非常有效，它是诗；句句都能懂，但是组织在一起的时候不一定懂。当然懂不懂不是判断诗的标准，要看你的感受。二是女诗人娜夜。她从来不强行回行，句子可长可短，有时候句子短到1个字，长到30个字，给你的感受是她是弹着钢琴来完成她的诗作的。

不再细说了，现代诗虽然普遍追求非韵化，其实它应该特别重视个人的生命节奏，成功的诗不仅是心灵的运动，也应该是声音的运动，高妙的声音能在语义字词接受之后，继续鸣响，召唤出语义不能说出的东西，犹如我们写字，比如说书法。你说书法美，难道是几个汉字本身？不是，而是你的运笔的生命的律动。

接下来，我想说一说很多现代诗包括中外的是我欣赏的，我所做的诗歌笔记里面，我选择了大概七百多首，我为它们做了二百多万字的读书笔记。我想说的是我欣赏什么，它给我什么样的启示？我个人不反对暗示、隐喻之类的东西，但是我更欣赏回避间接性，准确、本真地提炼细节，有些诗简直不需要以言辞的赘述的方式介入，也不需要调动更多的直觉，它不留余地，直接撞在你的心上。比如说曾卓先生《悬崖边的树》，由于时间有限，我就不详细地读这首诗歌了，大家下去之后一定要找来读一读，这是大师级的诗人的作品。我特别喜欢简洁但并不简单的诗，率真、出人意料的简朴和本真的纯净。诗歌的简洁与繁复，含混与清晰，本身并不等于诗歌的价值，诗的价值在于繁复要有内在的精致、精明，清晰空灵要有透明的核心和光明的神秘，轻灵要写得像鸟儿一样轻，那是"飞翔"，而不是像羽毛一样轻，那是"飘"。要真切得叫人恍惚，熟悉得叫人陌生。诗歌的简洁与否，并不是简单地说诗歌的长与短，不是一个体积概念，而是一个包容的概念。一首饱满的长诗也可能是简洁的，一首简洁的短诗也可能是丰富的。有一些似乎有悖于常识的诗，不重形象，近乎于抽象，没有修饰，也没有象征、比喻和暗示，几乎就是口语和白话，是直接的呼唤，却比一千个比喻加在一起还要动人，更有力量，这样的诗对于诗歌大师级的诗人，一生也可能就只有一次。比如说田间的《假使我们不去打仗》：

假使我们不去打仗，／敌人用刺刀／杀死了我们，／还要用手指着我们骨头说：／"看，／这是奴隶！"

去一个字都不行。我们很多人怀疑田间，否定他的诗人地位，那是一个用生命写诗的人，有这样一首诗就够了。反过来说，就像雪莱的诗中说："让我死去！昏倒！我虚弱无力！"这就是诗，这是生命的本真状态。再如阿赫玛托娃说："会见为了分别，恋爱为了不再恋爱，我真想哈哈大笑，放声大哭，不想活了！"这样的诗，一生当中只有一次。她还有一首诗《失恋》说："我把左手的手套戴在了右手上，我迈下了许多台阶，仿佛才迈下了一个。"我想说的是，这样的诗直接来自于胸襟，同样会于心，甚至是不需要解读的，也是难以解读的。诗，有可解，有不可解，有不需解，我们要把它们分出来。成功的诗歌给我的一个启示是一个过程，是用具体超越具体，诗歌要有具体感，但它不是生活化的具体，而是用具体超越具体。诗歌源于个体生命的经验，经验具有一定的叙述成分，它是具体的，但是仅仅意识到具体，没有真切的经验不行，再好的经验细节也不能自动等同于诗歌，一旦进入写作，我们的心智和感官应该马上醒来，跟上去，审视这经验，将之置于想象力的智慧和自足的话语形式之下，用具体超越具体，它的图式基本上是具体——抽象——新的具体，这就是一首诗的过程。那么，我们试着举三个小例子。我认为这个世界上最高级的诗是美国诗人弗罗斯特的《牧场》这样的诗：

我去清理牧场的水泉 / 我只是把落叶撩干净 /（可能要等泉水澄清）/ 不用太久的——你跟我来 // 我还要到母牛身边 / 把小牛犊抱来 / 它太小，母牛舔一下都要跌倒 / 不用太久的——你跟我来

这样一首诗看似简单，它完全经得住分析，我可以为它写一万字。这里面有实：我、母牛、水泉、落叶，有虚：你，其实这个"你"是不存在的，但是你感觉"你"就在你身边，也许就是等着读者去参与。这首诗歌充满了爱，一个老汉的心灵还是那样的柔嫩，没有被时间磨成老茧，特别好。

还有法国诗人普列维尔的《公园里》：

一千年一万年 / 也难以 / 诉说尽 / 这瞬间的永恒 / 你吻了我 / 我吻了你 / 在冬日朦胧的清晨 / 清晨在蒙苏利公园 / 公园在巴黎 / 巴黎是地球上的一座城 / 地球是天上的一颗星

太简单了，你感觉是太简单了，但是一生能写出这样一首诗来就是大师。我再举一个我身边的例子，很多人都喜欢我的一个诗人朋友大解，我们每天在一起，经常下河去捡石头，他有一首诗就是我们一起捡石头捡回来的，叫《衣服》：

三个胖女人在河边洗衣服 / 其中两个把脚浸在水里　另一个站起来 / 抖开衣服晾在石头上 // 水是清水　河是小河 / 洗衣服的是些年轻人 // 几十年前在这里洗衣服的人 / 已经老了　那时的水 / 如今不知流到了何处 // 离河边不远　几个孩子向她们跑去 / 唉　这些孩子 / 几年前还呆在肚子里 / 把母亲穿在身上　又厚又温暖 / 穿着一件会走路的衣服

就这么简单。这样一些诗从具体到抽象再到新的具体，它的现场发生了转移，从生活现场抵达了诗歌现场，它抽象的过程是一个命名的过程，一旦命名成功，抽象的过程终结，达到了新的具体。有些诗是从生活中来的，有些是从心灵中来的。如果是从心灵中来的，该怎么办？我们可以从现实生活中找一点对应物，我们也同样可以通过具体到抽象再到新的具体，反过来也一样。

最后，我再说一个小小的问题，关于诗歌的寓言方式。诗的寓言方式，这对我们非常重要。我们读诗歌的时候，经常会发现它以一种寓言方式出现，这与我们这个时代有关。我们用了30年时间，从传统的农业社会到半机械化社会再到机械化社会、工业化社会、模拟的数字化社会再到数字化社会，我们跨越了不同形态，因为我们身临其境，所以我们可以感受它的部分，但是要认识全部还很困难。再加上体制内写作，强调主旋律，我们受的限制很多。但是很多人可以用寓言的方式，在超越这个时代，给了我们很多空间。也有很多人用了另外一种方式，即口语写作，不要以为"口语"就是说话，而是口语的秘密变体，它时刻都在警惕口语，它的语言大于口语，几乎无法用日常的口语来还原。

好了，我就说这么多，谢谢大家！

田禾：刘向东老师作了很认真的准备，我看到刘老师拿了好多稿子！再一次谢谢刘老师！接下来，大家可以向刘老师提问，大家可以举手示意！

提问者1：刘向东老师，您好，我是"新发现"学员马晓康，我们之前在山东已经见过了，当时您给我列了一个50本书的书单，很不好意思，这些书我还没有读完。我读过一些书包括《沧浪诗话》、《造字六法》等。中国的造字六法主要是象形、指事、会意、形声、转注和假借，但是我觉得古代的诗歌还是以造字六法为主，而古诗主要有两种形式，借景抒情和睹物思人，就算到今天有各种诗歌形式，但是我觉得都没有逃脱这两种。我之前也参加过《星星》夏令营，我感觉现在很多人写诗受西方诗影响很大，我在国外留学7年，我就感觉现在很多人乱用语法。今天有一点疑惑想请教您，就是西方诗对中国新诗的影响，还有就是中国诗歌的气象问题，我们究竟该注重诗歌语言的精雕细琢还是原始的粗粝感觉？

刘向东：晓康的书没有白读，写诗长进非常大，接连几个重要刊物的夏令营他都参加了。我英语一定不如你好，我的回答是，诗歌翻译以后，就一定不是外国诗了，无法用汉字写外国诗歌。郑炳先生说，我们中国的新诗基本上就是对外国的翻译诗的模仿，无论我多么尊重这个老先生，但是这个观点是有问题的。用汉语言、汉字词素，中国的历史、地理等，我们写不出外国诗歌。古典诗歌转为新诗是世界的一个普遍现象，英语世界也不过是从布莱克开始到惠特曼到狄金森，他们比我们早不了几年。我们的先贤们非常有智慧，为什么要变？诗在变，是因为生活变了，语言变了。全世界的诗歌都是从古典诗到特定的时间点转变为新诗。

新诗其实不必要去雕琢。我们说古诗要炼字、炼句，是要炼，为什么呢？是因为它本身就只有七个字为一句，我们现在不用了。古诗其实借助了一个外壳，其实它是散文的形式，比如杜甫的《江南逢李龟年》，"岐王宅里寻常见，崔九堂前几度闻。正是江南好风景，落花时节又逢君。"这不是散文么，不过是说了一件事情，它只不过是借用了诗歌的形式，而我们新诗没有形式可以借助了，我们借助的仍然是散文的语言，但是它要求你直接抵达诗的本质，它的难度就在这里。不需要你去雕琢，有时候炼字反而会把整首诗颠覆，你不如用散文化的语言。正如有些人说艾青的语言散文化，艾青笑着说，他不是散文化，是散文美。

提问者2（芦苇岸）：刘向东老师，您好！我就借着您刚才的话来说，我很赞同您刚才说的英语世界也不过是从布莱克开始到惠特曼到狄金森，他们比我们早不了

几年这个观点。有些人说咱们国家的新诗向外开放的时候受益于美国新的诗歌较多，但是现在我们回过头来看，很多当时美国的大诗人对中国传统诗歌的借鉴也很明显，比如说庞德对刘彻等的尊崇，他的尊崇并不是说对绝句、律诗的写法，而是对意境和意象。我有个问题想问您，您现在掌管《诗选刊》，您能不能从刊物角度来谈谈诗歌的美学走向，或者说对当下诗歌的优劣做一下分析？

**刘向东：**芦苇岸是理论家，他对诗歌有非常深入的研究。我接手《诗选刊》时间不太长。有时候我们会怀着巨大的期望值。我那里有全国各地能变成汉字的诗歌刊物，有庞大的资料室，我有好几个责任编辑天天在看这些东西，给我建立档案室，读每一首诗歌都是带着极大的期望的，但是常常失望而归。在我这里，我主张诗歌一定要多元，诗歌和文学没有所谓发展不发展的问题，只有变化，那是因为生活，因为语境，我期待每一首好诗。我惟一的想法就是你们稍微少写一点，写得精一点。有些知道我邮箱的人经常给我发一本书的稿子，我真的看不过来，累得我这个老汉腰都直不起来。你能不能只给我 10 首或者 20 首？我不拒绝任何一首好诗，但是我不保证《诗选刊》发出来的都是好诗，因素太多，但是我期待我的刊物里面 80% 是有效的。谢谢大家！

**田禾：**时间已经到了，但是我们还是给一个机会，给最后一位读者。

**提问者 3：**刘老师好，刚刚刘老师说到弗罗斯特的《牧场》，我很喜欢弗罗斯特的诗歌，但是弗罗斯特的诗歌跟诗坛现代派的主流是不一样的，感觉现在的诗歌更加讲究技巧和形式。我不知道我的想法对不对，请刘老师批评指正。

**刘向东：**我很认同你的观点。弗罗斯特是美国当代第一大诗人。我们都知道惠特曼更多，是因为他更符合美国人的价值取向，美国人在推广他，而我们以前是一个封建社会，我们寻求自由，惠特曼是自由大爱的诗人，所以我们喜爱他。但是他在美国没有弗罗斯特那么重要，狄金森也一样，我们喜欢她，不过她太封闭了，每天连庄园都不出，却给我们留下那么多的好诗，有一种很大的宗教感和神秘感。在美国，每一个选本都是用弗罗斯特作为开篇的，家喻户晓。我们读诗，我们认同谁，不一定说要跟着谁跑，可是反过来我要说的是，写出惠特曼这样的诗歌相对容易，无非是连同黑奴、妓女、逃兵一样爱吗？无非是要抒发带电的肉体和灵魂吗？而写到弗罗斯特这样的境界实在太难，我此生可望而不可即的。谢谢！

**田禾：**对不起啊，由于时间关系，活动安排比较紧凑，我们刘老师的讲座就要告一段落了。我们刘向东老师的演讲是非常精彩的，这是他多年写诗、编诗、读诗的经验之谈，也是他自己对诗歌独特、敏锐的思考。他跟我们谈论了好几个问题，我就不一一细说了，主要包括：什么是诗？我们要读什么样的诗歌，怎么样来读诗歌？古体诗和新诗的关系，他特别强调新诗写得好的诗人一定是古典诗功力非常深厚的人，他一直劝大家要多读一点古典诗词，不断丰富自己。他也谈到了当代新诗突出的几个问题，语言问题、诗歌的结构问题、诗歌的寓言方式，包括他回答了大家提出的有关诗歌的问题。可以说，刘老师今天的讲课深刻、透彻、精辟，富有深度和高度。如果大家还有问题，大家可以和刘老师私下作进一步的交流。

最后请大家以热烈的掌声对刘老师表示感谢！ Z

（李亚飞／整理）

## 古典诗词与新诗艺术的重构

　　所谓诗意，不外乎深意，惬意，快意，新意。深意就是在有
限的字数里表达无穷的内容。其实，诗歌的境界不是高深，而是
高兴；不是深奥，而是深入；不是故弄玄虚，而是明白如话，直
指人心。

——袁成援

【编者按】中国新诗艺术水平已经有了很大的提高，相对于"五四"白话新诗而言，相对于二十世纪五十年代到八十年代的政治抒情诗与叙事诗而言，九十年代至新世纪中国新诗的成就，远远超过前七十年的总和。当然，不同时代的新诗也各有千秋。现在我们回过头来，可以发现中国新诗虽然已经发展出了自己的传统，然而还是不太深厚、不够博大，还需要向前人学习。中国古典诗词从思想到艺术都博大精深，能够给新诗以许多重大的启示，新诗人也需要进一步地了解与认识中国古典诗词的艺术传统。本期发表的六位中青年诗人学者的论文，探讨古典诗词与新诗艺术重构之间的关系，阐述了许多重要的、独到的见解，值得引起我们的高度重视。　（邹建军）

# 古典诗词与新诗艺术的重构

## 当下旧体诗存在的问题

□ 钟 东

笔者认为，自"五四"以来，旧体诗在"新"的环境，挣扎了百年之久，延命于今，早已不再为读书人的必修，而是变成了小众们的珍赏。以是之故，新时代谈旧体诗，未为易事。然本世纪以来，旧体诗坛一时热闹，参与者愈众，则问题愈多。但愿本文能够中其肯綮。

浅见之于旧体诗，标诗心为切要。梁刘勰曰："文之为德大矣，与天地并生。"（《文心雕龙·原道》）明瞿佑曰："学诗之要，岂有外于诚乎？余观历代工诗者，在汉魏晋则有曹刘陶谢辈，在唐则有李杜柳岑辈，在宋则有欧苏黄陈辈，在元则有虞杨揭范辈。诸贤诗，刊行久，固足以为后学法矣。"（《归田诗话》）道心、德心者，向为文人所尊崇，仰之如日月；真心、诚心者，定为古今之法式，奉之如圭臬。当今旧体诗坛，诗心缺焉。

诗心之缺，由于诗教之不兴。晚近以下，西学东渐，书院改学校，私塾随之消亡。学校科目，鲜有专门诗课。书香世家，诗教不绝，亦如缕线。普罗大众，只能在《牡丹亭·闺塾》等文学作品中，领略私塾诗教的场景；或者在《红楼梦》的香菱学诗之类的情节里，感受家族诗教的氛围。迄至当代，自小学至于大学，诗歌教学，每为解析，几无仿作。诗歌课业，常以应试为目标，用作者简介、主题思想、字词结构、写作艺术的套路为之，使鲜活的诗作，解剖成了文字的碎片。所以，旧体诗之涵泳功夫，学校岂能教焉！

传统诗教既已式微，而教与学、传与承、师与生亦每未必能相得。当前学校教诗之人，往往不是真的诗人；真的诗人，又往往没有专门的机会去教诗的写作。况且，当今社会共同的评价机制，不可能对诗歌写作的高人，给予功利的肯定与鼓励。试问，哪一位当代的李白、杜甫或王维，是凭借写作旧体诗词，而得了高级职称的呢？传统诗教，为当代教育体制、评价机制所不许，诗之教也，不得而传，显而易见。

诗教之不兴，使当今的旧体诗，普遍不知路数与门径。粗浅的人，以为平仄过了关，就是旧体，更不用说平仄不合格的。不知有几个人清醒，格律其次，字句、意气、韵味、境界、格调、兴趣、肌理、性灵的锤炼或纯化，才是旧体诗关键之所在。香菱学诗，是在曹雪芹的笔下，反映了清代人的诗学观，从王维五律、杜甫七律、李白七绝入门，作为学诗的根基，再上溯魏晋。虽然，这种诗学观点，可能受明代前后七子"诗必盛唐"的影响，讲求玲珑、无迹，但是毕竟有路可循，不易入歧。因为不重视路数，所以当代诗教，散漫无归，很难成就真诗人、大诗人。

大体而言，唐诗宜多悟，宋诗宜多学。悟如参禅，学在勤力。然唐诗之玲珑、宋诗之"老"境，皆非少年所易得者，故知路途遥深。学诗者不得良师指授，又不知择路之要，所为诗作岂能金声玉振，只怕是蝇噪蛙鸣而已。

旧体诗在当代，生存的大环境既然如此，也就很难形成诗的生活方式。我所谓诗的生活方式，是小众日常精神生活的方式，像韩愈被贬作诗示韩湘子，苏轼被贬作诗赠王朝云之类，随生活中感情之兴会所至，随缘而作。这种生活方式，在唐宋传奇小说、明代短篇小说如《剪灯新话》中屡屡可见，那是古人诗的生活之折射。

今人写旧体诗，多得其形，难入其神。古诗文之精粹如神龙，变化无方，深不可测，刘勰名书曰《文心雕龙》，赵执信话诗曰《谈龙录》，道理在此。旧体诗尤其如龙，妙不可言。赵氏诗话第一则，即录其与洪升昉思、王士禛阮亭论诗如神龙的一段著名公案，虽然表现的方式个人自有偏好，但其如神龙则是肯定的。以龙喻诗，重在有神。袁枚《随园诗话》称，吴门名医薛雪曰："我之医，即君之诗，纯以神行。"陈师道《后山诗话》言黄山谷过于出奇，不如杜之遇物而奇，盖神意不如杜耳。古人如黄山谷尚如此，何况今之人如我辈也。

基本功未过关，如属对合掌，以"绕雾"对"凝云"、"断壁"对"悬崖"、"经冬"对"历秋"，似工整而实重复，浪费语言。另，无境界、不含蓄，每为常见欠安之处。无境界指立意未能出新，不含蓄谓标语式文句。如"改革腾飞、争先策马"之类。今人之作，多不见古人诗笔下天地之心、庶民之情，故失于纤弱，落于甜俗。因诗教失传之故，当代以现代汉语韵部写上旧体律诗，居然自标一派，笔者以为大不妥。旧体诗若是消亡，也要等到地球爆炸，岂能亡于尔辈之手！

余之学诗，曾于豫章故郡，从先师胡守仁、陶今雁等教授入，研习杜少陵、韩昌黎、黄山谷唐宋诸家，上追《诗》《骚》，下逮汉魏，陶然有年。虽曰不能，愿学焉。后移居岭南，得黄天骥、陈永正诸公指引，于清代、晚近诗家，亦稍稍留意。熏染有时，未知神妙。本文虽欲厚爱于崇古，并未薄望于维新。中山大学有岭南诗词讲习社，建社多年，办有《粤雅》，师生作品，以"雅"为尚，堪为当代诗词正音。

# 中国新诗已经发展出了新的传统

□ 邹建军

当我们反思新诗存在问题的时候，有人就会提出新诗不如旧诗的意见，认为新诗无论从思想还是从艺术看，都不如中国古典诗词，因此要求新诗作者更多地向传统学习，以提高自己的思想与艺术水平。这样的思路本没有错，并且还很有道理，因为中国古典诗词，特别是诗经楚辞、唐诗宋词，在世界诗歌史上也是典范之作，足以与世界上最重要的文学遗产相提并论；同时，中国新诗也有传统一脉，即向中国古典诗歌学习的人取得了成效，为中国诗歌提供了一批重要的艺术作品，如戴望舒、郭小川、余光中、彭邦桢、郑愁予等诗人，他们的作品是新的，然而他们在艺术上、境界上、形式上、语言上，都和中国古典诗词具有深厚的联系，这是不言自明的事实。所以，我并不反对新诗作者向中国古典诗词学习，然而中国新诗的发展并不只有这一条路，而是有许多条路，并且每一条路都可以直通新诗艺术的"罗马"。

中国新诗已经发展出了自己的传统，并且是与中国古典诗词完全不一样的传统，走出了一条自我创新的道路。中国最早的一位新诗人也许是郭沫若，最早的一部诗集是《女神》，这也是他一生的代表作。有人说他的诗与中国古典诗词关系密切，其实在我看来没有很大的关系：中国古典律诗讲平仄，郭沫若《女神》里面的诗讲究平仄吗？中国古典律诗讲对偶，虽然郭诗也有比较整齐一点的诗节，然而终究不讲对偶。中国古典律诗讲究起承转合的艺术结构，而在郭诗里面基本上没有这样的结构，虽然会有一些句式与诗节的反复出现。郭沫若早年的诗基本上是向西方的两位诗人即歌德和惠特曼学习，还有就是向一位东方诗人泰戈尔学习，与中国古典诗词基本上是没有什么实质性联系的。因此，我一直反对有的人低评甚至恶评郭沫若及其诗歌，他早年的诗开创了一个新的传统，正是他开创了中国诗歌创作一个新的时代，也就是自由体新诗的时代。

中国新诗史上的另一位典型就是诗人徐志摩，这位早逝的杰出诗人才华何其了得，在现代诗人中没有任何一位诗人的才华，可以与他相提并论，当然，成就超过他的还是有的，那就是艾青与洛夫。徐志摩的诗虽然不是绝对的自由，甚至还有相对整齐的一面，似乎与中国古典诗词相关，其实未必。因为从中国古典诗词来看，上面提到的平仄和对偶，他也是同样地不讲究，如果讲究的话，他的诗也就是格律诗了，然而至今也没有人将其诗当成格律诗或现代格律诗来看待，他的诗与闻一多的诗比起来，要自由得多，没有章法，变化甚大，自成一体，似乎也可以分出三个以上的阶段，然而每一个阶段都是完全不一样的。所以，他的代表作《再别康桥》、《雪花的快乐》、《沙扬娜拉》、《山中》等，都是典型的自由体，语言现代，形式丰富，押韵变化，是与中国古典诗词完全不同的另一种诗体形式。因此，徐志摩的诗也开创了中国新诗的另一种传统，那就是自由抒情、形式丰富的传统。

新诗发展到洛夫的时代，已经与中国古典诗词越来越远，在台湾所形成的现代主义传统相当深厚，与洛夫处于同一时期的诗人还有覃子豪、痖弦、张默等重要诗人。从一般意义上来说，他们的诗与中国古典诗词已经没有很大的关系，甚至可以说没有任何的联系，他们使用的是现代汉语，运用的是自由体形式，句式、词汇、句法、行法、节法、意象等，也都基本上来自于西方，并且很快就超越了西方的传统，而形成了自己的传统，在当时的台湾和后来的中国大陆，也产生了很大的影响。而之所以产生很大的影响，不是在于它们与中国古典诗词的相似与相同，而是在于它们与中国古典诗词的不同，这种不同引起了大陆诗坛的格外重视。洛夫直到现在还在写诗，同时也在创作其他类型的作品。他的诗具有深厚的现代意识，语言灵动活跃，意象奇特怪诞，在当代中国汉语诗人中可说是独树一帜，孤标独秀。

我们并不反对把中国古典诗词的优良传统转化为新诗的要素，让中国新诗与中国古诗的传统实现对接，以发展壮大我们的新诗，也让更多的读者能够接受新诗，读懂新诗，认可新诗。然而，同时我们认识到一百年以来的新诗已经取得了很高的思想与艺术成就，形成了自己的传统，虽然可能还不是博大深厚，但也足可供后人研习，相信会获益良多。我们能够否定艾青、戴望舒、冯至、郭小川的成就吗？我们能够否定徐志摩、闻一多、余光中、洛夫的成就吗？我们能够否定舒婷、海子、王家新、车延高的成就吗？不能。为什么？因为他们有大量的作品存在，并且还将继续存在下去，形成了一种历史的力量、艺术的力量，这就是一种新诗的传统。

也许一百年在整个中国的历史上也不算短了，数量众多的诗人们为了中国的新诗而奉献青春与热情，我们不能无视他们的存在，我们不能采取历史虚无主义的态度，因为新诗是存在的，并且以自己的传统而与古典诗词相区别，也与西方诗歌相区别，这正是新诗发展的最重要的基础力量。

# 独立性句法：旧诗与新诗的共通性

□ 荣光启

诗与散文的区别，在我看来，最重要的是句法的区别，是这个 syntax，就是构成一句话的词语的排列。syntax 是"队列"的意思，士兵是同样的士兵，但不同的队列可能有不同的风貌，就像刚刚结束的大阅兵一样。语词和意象就像士兵站队一样，如何排列会形成不同的美学效果。

在中国古典诗歌当中，句法有一个显著的特征，就是独立性句法或者说非连续性句法，这是相对于散文的句法而言的。散文的句法一般是连续性句法，散文你可能会整篇意思不太明白，但你不会一句话一句话就不明白。但诗歌不一样，诗歌有时你一句话都读不懂。这里边最大的问题是诗歌的说话方式和散文不一样，意象与意象并列、词语与词语的断裂，它们之间的意义连接需要读者自己去想象。像杜甫《秋兴》里的"香稻啄余鹦鹉粒 / 碧梧栖老凤凰枝"，一种理解认为此句省略了系动词"是"——"香稻是由鹦鹉吃掉的部分和剩下的部分组成 / 碧梧是由凤凰栖息的树枝和老掉的树枝组成"；一种理解是"鹦鹉啄余香稻粒 / 凤凰栖老碧梧枝"。这种句法，使"鹦鹉"、"凤凰"、"香稻"、"碧梧"四个名词都在多重的语义对比中而形成独立的意象。由于构成意象的名词的特性，近体诗获得了一种特殊的诗意效果：这种效果就是诗歌表达事物的"具体性"的获得，但这种具体性不是事物的概念和属类的"具体"，而是感觉、性质方面的"具体"；不是"现实性"上的"具体"，而是想象世界的"具体"。

> 晨起动征铎，客行悲故乡。
> 鸡声茅店月，人迹板桥霜。
> 槲叶落山路，枳花明驿墙。
> 因思杜陵梦，凫雁满回塘。

这是晚唐诗人温庭筠的《商山早行》。它是旧诗独立性句法的一个例子："文言文常常可以保留未定位、未定关系的情况，英文不可以；白话文也可以，但倾向于定位与定关系的活动。'鸡声茅店月，人迹板桥霜'就是没有决定'茅店'与'月'的空间关系；'板桥'与'霜'也绝不只是'板桥上的霜'。没有定位，作者仿佛站在一边，任读者直观事物之间，进出和参与完成该一瞬间的印象"（叶维廉：《中国古典诗中的传释活动》，《中国诗学》，三联书店，1992，第 17 页）。叶维廉认为中国诗的美学源头和西方诗歌的知性特色相比，明显不同，对事物和存在有一种阻断任何先验思维、判断的"现象学还原"的特性。"以物观物"和灵活的语法、表现功能使语言和存在能并时性、并发性地同时"出场"。叶维廉"中国诗学"的专门术语"水银灯效果"，与海德格尔的现象学中"现象"二字的意思极为类似。在使"存在者"得以"敞亮"的意义上，两者极有关联性。

谁也不能否认，新诗在今天已取得可观的成就，但同时，相比于旧诗还是大白话，没有韵味。新诗要表达的东西，太"具体"了（意义与关系上的具体，而不是感觉、想象与经验上的具体），缺乏了旧诗独立性句法所带来的"空疏"。对新诗这种弊病，叶维廉认为"中国诗学"是一剂良方。叶维廉经常引用的诗人是台湾的痖弦（1932— ）和商禽（1930—2010）。如痖弦《盐》：

> 二嬷嬷压根儿也没见过托斯妥也夫斯基。春天她只叫着一句话：盐呀，盐呀，给我一把盐呀！天使们就在榆树上歌唱。那年豌豆差不多完全没有开花。/ 盐务大臣的驼队在七百里以外的海湄走着。二嬷嬷的盲瞳里一束藻草也没有过。她只叫着一句话：盐呀，盐呀，给我一把盐呀！天使们嬉笑着把雪摇给她。// 一九一一年党人们到了武昌。而二嬷嬷却从吊在榆树上的裹脚带上，走进了野狗的呼吸中，秃鹫的翅膀里；且很多声音伤逝在风中，盐呀，盐呀，给我一把盐呀！那年豌豆差不多完全开了白花。托斯妥也夫斯基压根儿也没见过二嬷嬷。

这首诗在一句话与一句话之间，是断裂的，所以你会觉得特别费解，但你同时会觉得它有魔力，因为里边似乎有无穷的意思在吸引你。也许，这才是够给力的现代诗。其实在说话的方式上，这首诗可以说是"旧诗"的。在叶先生看来，商禽诗歌独特的语言方式为现代诗由古典向现代的转换提供了杰出的参照。商禽诗的语言和形式均令人震惊，在语言上他不入寻常理路，想象依附于日常情境但思路独特；在形式上他不拘于分行，似散文诗体但比散文诗深邃、奇妙。看这首《灭火机》：

> 愤怒升起来的日午，我凝视着墙上的灭火机。一个小孩走来对我说：看哪！你的眼睛里有两个灭火机。为了这无邪告白；捧着他的双颊，我不禁哭了。我看见有两个我分别在他眼中流泪；他没有再告诉我，在我那些泪珠的鉴照中，有多少个他自己。

没有人说商禽写的东西不是诗，虽然他没有分行，他可以不分行，为什么呢？因为他说的话，第一句话跟第二句话之间的关系，都不是正常的说话，都不是正常的那种交代一个事情，在一个意义单元和另一个意义单元之间，是断裂的，明显不是散文的关系。正如旧诗独立性句法里边的意象与意象之间，一个个也是断裂的一样，在这里，灭火机，墙上的灭火机，我心里的灭火机，然后那个孩子无邪的告白也一样。好，诗歌的那些意蕴，它以隐含的方式表达出来，就是你看这里，他的说话方式，从一句话到另外一句话，也是不着调的，这个不着调的方式跟古典诗歌是相似的。不相似的在什么地方呢？古典诗歌的语言系统是一个字两个字，那个单音字能够表达完整的意思，现代汉语说说很难这样，一句话大概有十几个字，不同的是在这个地方，语言系统不一样。

所以新诗和旧诗，我非常反对说新诗和旧诗是断裂的，其实好的诗歌，无论旧诗还是新诗，在说话的方式上是一样的，在语言的系统上有不一样的地方。当然，我也很反对用旧诗的系统来评价新诗，比如说新诗没有意境之类。因为那个语言系统不一样，所以你对意境的要求也应当不一样，但是"诗"这个东西还是在的，就是那令我们很感动的、让我们觉得意味无穷的东西。我们对诗歌为什么很感动呢，因为一句话，当它以诗歌的方式说出来，我们觉得这里面好像隐含了许多意思，那些隐含的意思对应了你的内心，让你特别受不了。你感动是在这里。"无限江山，别时容易见时难"、"落花流水春去也，天上人间"，我们没有南唐后主李煜那样的丧失了家国的悲痛，但是人总有对时光流逝的那种无力挽回的感觉，我们跟李煜的那个共同的感动是在这个地方。诗歌背后那个含蓄象征的意义是令我们很感动的地方。这个东西有时是共同的、普遍的，超越时空的。诗歌努力的目标是说出那些通常语言难以言说的感觉、想象和经验层面上的东西。

# 古典诗词中的"流观"及其对新诗的启示

□ 杜雪琴

　　中国古典诗词之所以具有永恒的艺术活力，原因当然是多种多样的，然而有一个重要的原因，在于诗人们总是可以在空间的"流观"中，达致一种艺术的情境。学者韩林德指出华夏美学重在"推崇仰观俯察、远观近察的'流观'的观照方式。"（韩林德：《境生象外》，三联书店，1995，第107页）对于中国古典诗词而言，"流观"是一种重要的审美观照方式和空间建构角度。诗人们正是在对自然、社会、历史等的仰观俯察之间进行创作、体味人生，甚而达致一种空灵超脱之境。宗白华认为杜甫尤爱用"俯"字来表现其"乾坤万里眼，时序百年心。"（《春日江村五首》，《杜诗详注》，[清]仇兆鳌注，中华书局，1999，下引同）其诗句有："四顾俯层巅"（《冬到金华山观，因得故拾遗陈公学堂遗迹》）、"游目俯大江"（《阆州东楼筵，奉送十一舅往青城县，得昏字》）、"层台俯风渚"（《雨二首》）、"此邦俯要冲"（《发秦州》）、"俯恐坤轴弱"（《青阳峡》）、"俯映江木疏"（《五盘》）、"缘江路熟俯青郊"（《堂成》）、"忆渠愁只睡，灸背俯晴轩"（《忆幼子》）、"俯仰悲身世，溪风为飒然"（《秦州杂诗二十首》）、"清晨陪跻攀，傲睨俯峭壁"（《白水县崔少府十九翁高斋三十韵》）、"墙头过浊醪，展席俯长流"（《夏日李公见访》）、"俯视但一气，焉能辨皇州"（《同诸公登慈恩寺塔》）、"捷下万仞冈，俯身试搴旗"（《前出塞九首》）等。宗先生以为："'俯'不但联系上下远近，且有笼罩一切的气度。古人说：赋家之心，包括宇宙。诗人对世界是抚爱的、关切的，虽然他的立场是超脱的、洒落的。"（宗白华：《中国诗画中所表现的空间意识》，《美学散步》，上海人民出版社，1981，第112页）于此而论，诗人们均是在空间的"流观"之中展现自我的生命情调和艺术情境，他们虽在俯仰之间观察世界与人生，却并没有局限于俯仰之间的小天地，而是用更为开阔的胸襟、更为高远的眼光去感怀世界、包容天地、拥抱宇宙，他们所体现出的境界是自由自在、游目骋怀、超凡脱俗的。东晋陶渊明俯察其居住的野外庭园之处，却窥见高高在上的宇宙间的勃勃生机，从而领悟到忘言之境："结庐在人境，而无车马喧。问君何能尔，心远地自偏。采菊东篱下，悠然见南山。山气日夕佳，飞鸟相与还。此中有真意，欲辩已忘言。"（《饮酒》）盛唐时期，李白、杜甫、王维、孟浩然等镜花水月、空谷幽兰的禅境，北宋词人晏几道、欧阳修、柳永、秦观、李清照等婉约清亮、绵渺无际的风韵，南宋词人陆游的"驿外断桥边，寂寞开无主。已是黄昏独自愁，更著风和雨。无意苦争春，一任群芳妒。零落成泥碾作尘，只有香如故。"（《卜算子·咏梅》）姜夔的"二十四桥仍在，波心荡、冷月无声。念桥边红药，年年知为谁生。"（《扬州慢·淮左名都》）等，诗人们均在俯看人间的同时感悟天地并仰望天宇，其情感的世界色彩缤纷，虚虚实实，熠熠生辉，如入无边、无际、无人之境。

　　诗人们对于天地万物的观察，若是只有"俯"而没有"仰"，那么便不会形成情感的流动、境界的高远；或者只有"仰"而没有"俯"，那么便只会形成虚空之势、空虚之言。因而，在"俯"与"仰"、"远"与"近"的循环往复、盘旋来回之间，便形成

了一股 "气势"。这种 "气势"，或许正如王夫之在论 "势" 中所言："论画者曰：'咫尺有万里之势'。一'势'字宜着眼。若不论势，则缩万里于咫尺，只是《广舆记》前一天下图耳。五言绝句，以此为落想为第一义。惟盛唐人能得其妙，如'君家住何处？妾住在横塘。停船暂借问，或恐是同乡。'墨气四射，四表无穷，无字处皆其意也。李献吉诗：'浩浩长江水，黄州若个边？岸回山一转，船到堞楼前。'固自不失此风味。"（[明]王夫之：《姜斋诗话笺注》，人民文学出版社，1981，第 138 页）"咫尺有万里之势"，可以看作是对中国古典诗词以 "流观" 为主体的审美艺术的极佳概括，其间着重强调中国人之空间意识，强调古典诗词之意境结构，强调艺术情境之虚空灵妙等等。那么，中国古典诗词中所描绘的正是在这种空间 "流观" 之间，身所盘桓、目所绸缪、心所缱绻的层层山、重重雾、叠叠水、棵棵树、朵朵花、簇簇草，在咫尺之间绘千里之景、万里之象，而重重景象，空寂超然，虚灵绵延，亦如空中之竖琴、远寺之钟声、大海之涛声、林间之细语，在天地之间久久回荡……

中国新诗已经有了一百年的历史，积累了丰富的艺术经验，然而主要的艺术思维是从西方来的，对于古典诗词的学习是不够的。虽然我们不能说新诗与旧诗是断裂的，然而自 "五四" 时期开始，新诗人们是瞧不起旧体诗词的，包括中国古典诗词及其思想与艺术，虽然古典诗词对新诗人有所影响，但那是自然而然的而并非主动的。许多新诗作品拘于事、泥于实，没有时间意识与空间意识，更没有像古人那样的 "俯" 与 "仰"，以及在这种 "俯" 与 "仰" 之间的流观，以及在流观基础之上的发现，对于天地的发现，对于人生的发现，对于自然的发现。更没有所谓的天地之苍苍、人生之渺渺，上下左右的想象更是完全缺失。所以我认为中国新诗要取得更大的发展，从中国古典诗词中去发现一些根本性的东西，吸取进来而实现对接，正是一条宽阔的道路。本文所谈的 "流观" 只是中国古典诗词艺术中的一个很小的方面，却能够给我们当代诗人以重要的启示。

# 新诗要从古典诗词中吸取什么？

诗歌曾经是中国人血液里的遗传因子，不知道新诗的因子什么时候能够进入中国的文化传统之中？周啸天以传统诗词集《将进茶》获得鲁迅文学奖，此事不管网上怎么看，其获奖至少说明一点，传统诗词创作也是现代诗歌不可忽略的组成部分。现代人写诗词，不可不遵循诗词的格律规律，但不能不表现现代的元素。从词语的选择、音韵的确定到意象的组合，均不得照搬古旧，要有新气象。我主张将传统诗词中活的"灵魂"或者可以遗传的"因子"，融入到现代诗歌的创作之中。

中国古典诗词的活性因子，也就是对于当代诗歌的意义。"新诗"之所以不能流传，大概是因为"语文"课本没有及时选入和新诗比较传统诗词更加复杂多元吧。时代变了，诗亦随之而变。但不论多么复杂的生活，作家和诗人的目的就是要让人们在阅读诗的过程中体会到欣赏诗的快乐。现代人生活的复杂，现代人心的复杂，肯定与唐诗时代不一样，但诗歌的本质其实没有变——诗歌是诗人的真心话："诗非异物，只是人人心头舌尖所万不获已必欲说出之一句话耳。"（金圣叹）也是子夏所谓"在心为志，发言为诗"。中国律诗之盛，莫过于唐，遂有唐诗。唐诗之于课本，远不及现代诗方便，为何却能流传至今？难道仅仅是因为简单或者是领导重视（皇帝也带头做诗）？

我们可以从诗词中吸取哪些营养呢？

一是自然之美。文章本天成，妙手偶得之。清水出芙蓉，天然去雕饰。刘勰《文心雕龙·原道》认为，"文"与天地并生，人文、天文与地文同为道之显现和道之外化。人文的生成与天地万物的生成一样，有自然之美。诗词创作中的自然之美，不仅仅是物象的描摹和声音的拟取，还必须展示和传道出更多的东西，字里行间，作品呈现出人情物理的律动或者生命的密码。比艺术形式更重要的是能触动读者心灵的艺术内涵，或情韵悠然，或理致昭然，或生趣盎然，或风神灼然。司空图《二十四诗品》云："水理漩洑，鹏风翱翔，道不自器，与之圆方。"苏轼自评其文，"常行于所当行，常止于不可不止。"文学的最高技巧就是看不出技巧：大巧若拙，道法自然。

二是结构之美。律诗的结构之美，不仅仅是外在形式的定型，而且在于内在结构的定型：八句诗里，从内容上分为起承转合四个层次。所谓"一诗一世界，一字一菩提"。以拙诗《七律·清风行》为例。一二句为起句："青峰岭上望青天，诸子堂前拜邑贤。"这一起，随口而出，既是写实，一行人去青峰岭，抬头望天上的青天；又在写虚，明写天上的青天，暗指地上的青天；特指本地的青天——清官李南晖，于是乎引出在青峰祖师堂前祭拜李南晖（邑贤）。三四句为承句："昔有镜塘留夜月，今存白塔待云烟。"第三句承第一句，"镜塘"指代李南晖在婺城的十四载政绩和官声，"夜月"则直接回应"青天"。第四句承第二句，用现存的景观白塔待云烟，暗指威远人民不会忘记李南晖的恩德。五六句为转，直接指出李南晖之所以受爱戴的两大原因：清正廉洁、勤政为民和道德高尚、学养深厚："清廉事迹千秋在，道德文章万古传。"七八句为合，"岂必功高才不朽，心无俗念是神仙。"李南晖死后被人们尊为神仙，叫青峰祖师。古人认为，不朽

诗
评
诗
论

148

# 古典诗词的生命力
## —— 以周作人旧体诗为个案

□ 常丽洁

　　"支颐"意为以手托下巴，这个词语或者说动作，在传统旧体诗中出现频率很高。以现代人的眼光看来，"支颐"这样一个动作很带有一些妩媚色彩，似乎不大宜于男子。不知是否是时代风气由尚武向文弱的转变使然，唐以前的诗文里不大出现这个动作，有唐一代，收录在《全唐诗》中的数十首含有"支颐"动作的诗，作者基本都是中唐以后的诗人，宋代以后的旧体诗里面，"支颐"这个动作开始出现得多了起来。在"支颐"这个词语的引领下，大概不外看风景、聆听、读书、睡觉、沉思、抱病这样几种后续动作，做出这些动作的主体多为文人雅士，也有老翁、仕女和病人，这些动作所展现的状态也多是风雅、慵懒、闲散或病弱的，大体而言，不出传统旧体诗惯见的风格情调。

　　同样是"支颐"之后，在周作人笔下，就另换了一副场景。周作人《苦茶庵打油诗》其二二云：

　　　山居亦自多佳趣，山色苍茫山月高。
　　　掩卷闭门无一事，支颐独自听狼嗥。

---

　　（接上页）者有三：立德、立言、立功。李南晖三者具备，后人难以全学，能学到心无俗念就够了。既表达了对于前贤的敬仰，又体现了自身的襟怀。

　　三是情韵之美。律诗句型稳定，变化的关键在于辞藻与情趣。当代诗词需要创新，而我们相当数量的诗词作品缺乏新意，模仿、抄袭痕迹严重。经典诗词作品，不仅体现作者的思想感情与内心世界，更蕴含时代精神与特色。本来，诗是不应该太拘泥于音韵的，律诗的音韵是诵读诗歌的时候自然选择的结果。律诗若无音韵的限制，则太散漫，不依照平仄的要求，则不顺畅。而太讲究辞藻音韵，难免会词不达意，不讲究辞藻音韵，又显得诗不像诗。辞藻的要害不在于华丽，而在于表达的准确，音韵的要害不在于平仄，而在于诵读的顺畅。古人说"诗缘情"，说明诗歌就是带感情的句子。

　　四是境界之美。律诗限制了句数，规定了平仄，确立了基本章法，比较诗歌的高低，关键是境界了。所谓诗意，不外乎深意，惬意，快意，新意。深意就是在有限的字数里表达无穷的内容。其实，诗歌的境界不是高深，而是高兴；不是深奥，而是深入；不是故弄玄虚，而是明白如话，直指人心。太白一句"举头望明月，低头思故乡。"明白如话，三岁孩童读之可懂，八十岁老翁读之仍有未懂的境界——好的诗不止可以用一生来读，也可以世世代代都读。

　　流沙河把新诗日趋冷落归咎于秩序的缺失让诗歌难以背诵，"一切美好的诗歌都有秩序。现在新诗不耐读，因为没有秩序。"诗歌的秩序包括语言和意象两个方面。语言要条理通顺，简单、准确，明了，不能自由散漫。一个时代有一个时代的诗歌，诗词创作不能停留在古典之中，新诗创作也不要割断历史，忽略了中国传统诗词给人带来的阅读和欣赏习惯。只有融会贯通了古今中外的"诗"的活性因子，才能生产出代表我们这个时代的作品。

山居月夜，掩卷闭门，自是古来文人雅趣，这首诗前三句放入古人诗集中当无违碍之感，在这种情形下，再配合"支颐"这样妩媚的姿态，按照传统旧体诗的习惯和逻辑，应当是听雁叫猿啼或杜鹃哀鸣才算恰切，而"听狼嚎"就显得太突兀了。事实上也是如此，"听狼嚎"这样的词句从来没有在传统旧体诗中出现过。"支颐"之优雅纤柔与"听狼嚎"之孤野荒寒，二者之间的对比太过鲜明，在视觉上给读者造成一种强烈的冲击力。如此"不雅"的举动，大概只有受过各种新思潮洗礼、无多约束与顾忌的具有现代意识的新文学作家如周作人者才做得出来。这一句"支颐独自听狼嚎"，就把作者刻意打破风雅传统的独特趣味暴露出来了。

类似这样刻意打破传统旧体诗风雅格调的旧体诗，在周作人那里还有很多。比如：

春光如梦复如烟，人事匆匆又一年。
走马观花花已老，斜阳满地草芊芊。

又云：

橙皮权当屠苏酒，赢得衰颜一霎红。
我醉欲眠眠未得，儿啼妇语闹哄哄。

前一首中"走马观花"句出自孟郊诗"昔日龌龊不足夸，今朝放荡思无涯。春风得意马蹄疾，一日看尽长安花。"后一首中的"我醉欲眠"，则典出《宋书·陶潜传》："贵贱造之者，有酒辄设。潜若先醉，便语客：'我醉欲眠，卿可去。'其直率如此。"李白《山中与幽人对酌》一诗便用到此典："两人对酌山花开，一杯一杯复一杯。我醉欲眠卿且去，明朝有意抱琴来。"在孟郊和李白的诗中，"走马观花"抒写的是少年得意的豪气，"我醉欲眠"表现的是放荡不羁的情怀，都是传统旧诗中惯有的风雅情调。周作人却再一次对其进行了解构：他刚说"走马观花"，马上接一个"花已老"，得意未起，便即压下。他也是"我醉欲眠"，然而却"眠不得"，因为家里"儿啼妇语闹哄哄"。所有这些，在中国传统诗歌观念里，都未免是有些煞风景的。这种典型的唐突风雅之作，彰显了以周作人为代表的新文学作家不同于传统文人的独特的审美趣味：注重日常人世生活的点滴琐屑远过于故作姿态的无谓风雅。这里面，固然也有现代社会向平民化方向发展、旧的贵族阶层的精致文化渐趋没落的因素在，更多的只怕还是新的文学主张和思想理念在起作用。

因为生活方式的改变，现代人已经很难再有古典诗词中所表现的那种闲雅情怀，若是囿于传统的窠臼，无论如何腾挪跌宕，也无法取得古典诗词极盛期的那种成就了。古典诗词想在当下获得新的生命力，周作人的做法值得借鉴。正是有了那种冲撞或者说不屑传统旧体诗的姿态，他笔下的旧体诗才一扫古典诗词的腐朽之气，带来了阅读上的陌生感和新鲜感，也为古典诗词的发展打开了一条新的发展路径。但学习这种做法，个中分寸需仔细拿捏，稍有不慎，恐怕又会走向另一条恶俗不堪的道路。Z

# 诗学观点

□李羚瑞/辑

●程继龙认为生命意识的觉醒可以说是真正当代诗的元点，缺乏生命的原在的感觉几乎使之前的当代诗沦为笑谈。如果说八九十年代的当代诗是将生命意识作为一个艺术理想来塑造，作为一个致命武器来使用，那么当下的当代诗可以说是将"生命"当作一个前提来接受，"生命"在他们那里成为一个不言自明的存在，接下来重要的问题是如何进一步开发、展示生命的可能图景。这在一些新兴的80后、90后诗人那里有着刺目的表现。"生命"落实在精神的渴望与忍耐，落实在身体的幸福与疼痛，落实在切身之物的混沌纹理细部，"生命"不仅是诗的内部材质、最初的原始驱动力，还是不知所终的愿景。

（《在追寻"当代感"的路上继续掘进——一种基于"头条诗人"的观察》，《诗潮》，2015 年第 9 期）

●张定浩认为，一个诗人写出什么样的诗，往往取决于他喜好以何种方式谈论一首诗。对于年轻诗人尤其如此。因此当诗学讨论总被各种各样模棱两可凌空蹈虚的哲理思辨所笼罩，当诗人习惯以某些抽象空洞的概念词语为基础去推动和阐明自己的美学判断，某种在翻译中残存下来的史蒂文斯式喃喃自语的回声，随机充斥在汉语新诗之中，就不是一件奇怪的事。同语义认知领域乃至世界观层面的频繁热烈的交流、碰撞和影响相反，在韵律、节奏和句法领域，年轻的汉语诗人们几乎都是凭借天赋各自为战。在这个领域没有传承，也不存在研习，因为作为他们诗学基本滋养的诗歌译作中几乎不提供这些，也抹杀掉一切大诗人在这方面的差异。

（《凭借天赋各自为战》，《上海文学》，2015 年第 10 期）

●王晓华认为，诗性显现于语言之中。离开了语言，舞蹈和音乐会幸存下来，但诗歌不能。诗性与语言同在。它固然是意象的制作，但仅仅发生于语言层面：诗歌中的山川、鸟兽、人类皆非事物本身，而是文字和话语。属于诗性的一切发生于语言之中，体现为意象的游戏。如果说语言是诗性的家，那么意象就是诗性的本体。语言不是灵验的咒语，意象也不具有调动万物的力量。从这个角度看，诗人是无力的。然而他们的力量恰恰显现于这种无力之中：一旦从现实的因果链条中解脱出来，这些凡夫俗子就获得了精神上的自由，可以站在地平线上回望自己；过去-现在-未来的线性秩序失效了，他们可以往来于过去和未来之间；就此而言，诗人确实分享着神性。

（《诗性的力量》，《湖南文学》》，2015 年第 10 期）

●罗振亚认为在我们向西方"取经"的过程中，要注意其文化接受的偏颇性与变异性。我们应该看到，除却初期的象征诗派思想意蕴与技巧手法从形到质齐头并进、后朦胧诗在体验上对西方现代主义诗自发认同外，其他诗派都基本停浮于艺术形式和手法的"拿来"。或者说它们有意突出强调西诗与本民族固有血脉相通的某一方面，而对其他方面则故意省略。这种明知故犯的主观偏重取舍，使中国现代主义诗在大多数情况下，只承袭象征主义技巧的外衣，骨子里的象征意象体系乃至情感结构都根植于东方式的民族文化传统。

（《百年新诗：本土与西方的对话》，《扬子江》，2015 年第 6 期）

●胡弦认为诗歌不是一种流行性、潮流性很强的艺术，它和生活的滚动有一定距离。很久以来人们在谈论诗歌和诗人的边缘化，但边缘化也许是一个错觉，诗人其实一直处于生活深处。或者说他一直处身于一种另外的生活，那是一种更加固执的生活，由那种生活中环顾，现实生活倒同如幻象。心灵生活，或曰在诗歌中呈现的生活，远比正朝前滚动的生活重要。只有浮躁者才认为生活目不暇接，其实世界并没有变，它仍然是人的世界，仍然是带着神性的世界。写作者如果只是复述生活的表象而毫无见地，或者仅仅说出自身的苦楚而不能使之成为生活的起诉书，就无法认识到写作的真谛。所以诗人的生活是否有价值，不是留意身边的喧响，更不是和大家一起欢呼，而是要去寻求、辨认这些声音和场面的源头。

（《诗人的位置与诗歌的源头》，《星星》，2015 年 10 月上旬刊）

●刘家魁认为中国目前的诗不论是新体、旧体，发表在刊物上的，还是发表在网络上的，绝大多数都是经不起细读的，刻薄一点地说，读多了无疑就是浪费生命！不说形式感，不说音乐性，不说民族性，不说创新，也不说其中的哲学深度、担当意识、悲悯情怀、宗教意识、终极理想、天人合一的境界等，单就其中的情感而言，几乎读不到让人产生强烈共鸣的真情之作，大多是矫揉造作的虚情假意，或者是自恋式的没有丝毫共性的无聊的甚至是下流的自我吟唱。真情之作应是以哲理出之，以景象出之，以生活细节出之，都是蕴含了极深刻、极强烈、极沉痛、极真挚的情感的，都是沾满了血泪的心声。

（《读诗漫议》，《雨花》，2015 年第 10 期）

●冯晏认为如果一个人写诗几十年没有间断过，一路上所需要解决的最重要问题就是观念。观念本身是用来超越生命和时代的。写诗，只有在观念中才可以超过日常思维，给你的生命感觉粘上一副天使的飞翔翅膀。语言是在创意中进化的，这是艺术的使命。而艺术观念从思想中诞生出来时，作为一个诗人，你有可能还不知道思想对于一个诗人，在一首诗的创作中到底起到了什么作用。因为，一首好诗其中一点就是怎样把思想隐藏好。写作中思想更多的是用来帮助一个诗人，在选择和使用词语时，能够更好地达到准确和透彻。

（《诗的格局》，《作家》，2015 年第 11 期）

●蓝蓝认为诗歌慢慢不再押韵，在有些诗人那里慢慢也开始不再分行。但无论怎么变，它始终有节奏——即便是内在的节奏。而且，它从散文那里抢回了一些东西来丰富自己。但诗歌毕竟不是散文和小说。诗歌在处理各种感受和事物时，能够使它们获得一种共时性，举重若轻地打破叙述在时间连续性上的规则，并且在这个时刻听从想象力的召唤，进入、替换、融合不同的事物，从而使事物获得一种整体性。诗歌和散文、小说最大的不同就在于对时间的处理方式上的不同。

（《沙粒》，《山花》，2015 年第 11 期）

●**苗雨时**认为，关于什么是经典诗歌，大概应该具备这么几条：它是由长期的文化历史积淀所培植的，葆有民族集体无意识的原型；它是属于特定时代的，但又有超越时代的永恒性；在诗歌流变的长河中，它掀动了新的美学浪涌；在历代读者的接受中，它的艺术富于生长性，经久不衰，常读常新。总之，诗歌经典的形成，既有赖于浑厚语境的内化与托举，又有赖于作品自身的卓越、独特的生命力。

（《经典是怎样炼成的——重读姚振函》，《诗选刊》，2015 年第 10 期）

●**孙晓娅**认为诗歌通过对生活的表现与创造，给予我们的感染力、创造力、想象力等精神力量是任何物质无法提供的，它直指人的心灵。诗歌隐藏于每一个人的内心深处，是心灵的表现，是窃取灵魂秘密的钥匙，是生命精微的呈现，是灵魂坦诚的剖白。历代好诗都具有抚慰、纯化、提升心灵的功能，所以我们常说，一个民族如果没有诗歌的声音，这个民族的未来必然缺少希望，一个抱持诗性情怀的人，他的精神不会委顿。诗人仅拥有现实生活、肩负社会责任是不够的，还应该有终极的关怀，灵魂有所归属。从艺术本源来看，诗歌首先是个人化的精神感受，它不受时空的阻隔，浓缩了"我"与"你"、"他者"、世界的关系；诗歌是未来时间里最美的存在方式，是逍遥的自在，是灵性之光。那些震铄古今的诗作均浸润着心灵的雨露，蕴藏着丰富的心灵材料。

（《诗歌的三个维度》，《光明日报》，2015 年 11 月 23 日）

●**丘树宏**认为自由诗要写得好，要写得比古体诗还要美，在无限自由的情况下写得隽永，让别人记得住、能流传，有时候可能比写古诗、格律诗还难。诗可以分为诗和歌，诗要有韵律，需要节奏，适当的短，不要太长，不要太散，不要太自由。而歌则要十分讲究押韵、对偶等。这些是诗歌这种体裁的基本要求、基本元素，也就是我们中华传统诗歌的本源所在。西方的自由诗，其实也有这些类似要求的。但是，我们现在许多的诗人和诗歌，已经漠视抛弃了这些东西，只学习自由诗的"形"，而没有学习自由诗的"魂"，因而导致"非诗化"非常严重。

（《让当代诗歌回归诗歌本源》，《文艺报》，2015 年 11 月 20 日）

●**徐芳**认为新诗写作的难度，还在于它将处理新的对象。中国有悠久而强大的诗歌传统，这种传统，更擅长于处理农村题材、田园题材，它们其实是一种田园诗传统。那么，在今天这样的时代，新诗该如何处理这个时代的光和影，处理这个区别于其他时代的生活经验？诗歌同样要处理人与人、人与自然、人与环境、人与自我的种种关系，而这个时代的种种都发生了现代性的变化，这些都是无法在旧诗传统那里获取表现的。但我们还是有足够的理由，向我们的母语诗歌传统致敬。问题还在于我们将如何致敬？即现代汉语语词应以一种怎样的结构方式，去构造一种整体上气韵生动、语词活泼，但又遵守着所谓的某种秩序的诗歌文本。

（《诗歌之大美》，《文学报》，2015 年 11 月 26 日）

●**范果**认为诗歌与散文源于人内心的渴望、灵魂的需求。散文诗与新诗是没有概念和章法的，寻求的是以一种直感的方式来传达自己的所思所感，是对这个世界的发现与探索，是最贴近灵魂真实的表达方式。成为一名散文诗人或者说诗人是需要一点天赋的，需要这种与生俱来的敏锐感觉、语言张力、悲悯情怀。新诗与散文诗应该由每一位创作者用神圣的态度来对待。古往今来传诵至今的诗句往往都传达着时代脉搏的跳动，传递着诗人内心情感的温度。当代散文诗与新诗开拓了诗歌的崭新局面，但是不能脱离传统，好的散文诗和新诗应该是带着思想与灵魂特有的温度的，那些抒情空洞苍白、语言刻意造作、情感淡漠、脱离现实的作品终究是经不起时间考验的。

（《温度与符号》，《散文诗》，2015 年 10 月上半月刊）

●荣荑认为所谓的传统 / 古典问题，实质上是怎样在新诗的当代经验中，调配和处理汉语文明的精神遗产问题。并没有一个"过去"供我们缅怀和回归，也没有一个古典的幽灵可以让我们来招魂，从而获得现世的安身立命之基。我们需要在重视这个时代汉语诗歌的当代性质（这种性质里自然包含现代性）的前提下，重新审视与古典传统的关系，而不仅仅是假借传统 / 古典之名，行文化保守主义之实。当代诗之为当代诗，不只是因为它指向此刻、今天、今天之前的几十年历史，还因为它意味着将所有分类意义上的传统 - 现代分野统统纳入消化之胃的天然正确性。

（《是时候了，或"我们气候的诗歌"》，《诗刊》，2015 年 10 月上半月刊）

●毕聪正认为语言架起了人与生存、人与世界之间的桥梁，通过它，终有一死的人寻获了另一种永生。人通过语言同遗忘相抗衡，并由此进入了与世界万物的对话中。在存在的真理被遮蔽的黑夜时代里，语言给世界带来了转变的希望与可能。因此只要语言在，诗歌就在，诗人也就吟唱不止。只要诗人还在用语言作诗，歌者还在用语言颂唱，那么存在就会被不断地解蔽出来。所以，只有在语言的看护下，诗人才得以徘徊、吟唱、摸索、道说着走遍大地的每一个角落。而那些践履着诗人天职的诗篇将在存在的澄明之境里回响，为思想的传承涤去一丝僵化的阴霾，为世界黑夜的时代带来神圣与救度的希冀。

（《世界黑夜里的诗人：诗和语言的救度之路》，《芒种》，2015 年第 12 期）

●张鹏远认为，诗人总是在努力呈现并创造他眼中的世界，这个世界宽阔而广袤无边，也意味着多种可能，在这个认知立场下进行诗歌创作，既要有对传统的继承，也必须对传统进行反叛和颠覆。这种个人化写作立场意味着诗人终于可以回归自我生命的内在状态，自由地写诗，写出当下，写出真实。这种无法回避的写作宿命是必然的也是危险的。然而对于世人来讲，以个体经验主义的客观来呈现当下乃至对抗这个世界——只有这样才能构建诗人自己的世界，其局限性也必然存在。诗人不可能汲取人类全部生存的信息和资源，他只能在那一特定的点上说出他感受最深的东西。这种局限也是每一个诗人终其毕生需要面对和突破的重要命题。

（《漫谈诗人金汝及其诗歌作品》，《黄河》，2015 年第 5 期）

●吴佳骏认为当下不知有多少握着诗歌利刃的人，在散文领域如鱼得水，纵横驰骋，自适惬意，羡煞众多苦苦跋涉在通往散文之途上的"老帅少将"。以至于他们后来在散文上所斩获的殊荣，早已掩盖了他们的"诗人身份"。那么诗人写散文，何以能取得成功呢？只要我们稍加考察，便不难发现，在诗人写的散文中，除了思维方式、视觉、结构等不同于他人作品以外，最重要的一点是"语言修养"好。由于经历过长期的诗歌写作训练，他们的文字极其富有韵律感和节奏感，词句准确、简洁、凝练，且不乏灵动和弹性，言有尽而意无穷，形成了独树一帜的"审美建构"和"叙事诗学"。

（《诗人与散文》，《红岩》，2015 年第 5 期）

# 年前最后一次编前会
## ——故缘夜话六十弹

◇ 熊 曼

腊八已过，除夕将近。一些楼宇、店铺间已经挂上了灯笼，营造出一种喜庆祥和的气氛。嗯，无论好坏与否，这一年就快结束了。天空适时地阴着，它在等待即将到来的大雪。

晚上八点左右，大家相继来到故缘茶楼。

谢克强带着他的书法练习作品，态度谦恭地请大家品评。端庄、秀丽的小楷，赢得了大家的赞扬。阎志说："谢老师，你写诗多年，诗不错，如今练字，字也不错，但诗集和字都没人买，归根结底，是人不红，建议你出一本传记，书名叫'我和 XX 女诗人不得不说的往事'，保证畅销，随之红遍大半个中国。"大家笑。

"遗憾的是我没有诸如此类的往事，这辈子就快过完了，想一想，连我自己都觉得悲哀。"谢克强早已习惯阎志善意的调侃，嘿嘿一笑道。

## 新年新面貌

桌上摆放着 2016 年新的样书，供大家翻阅。美编在版式上作了一些调整，所以大家看得仔细。

"封面上'中国诗歌'四个字是烫银，但下面的字体是烫金，看起来不够协调，应该统一，你们认为呢？"阎志首先发现问题。

"是的，全部烫银比较好看。"车延高道，"本卷女性诗人，庄凌的诗不错，灵动，轻快，爽利。现在的 90 后诗人很生猛啊！我们不服老不行喽——"他学毛泽东的湘潭普通话把大家都逗乐了。

从书的内容到形式，大家又讨论了一会儿，本着精致、耐看的原则，力求新年呈现新面貌。

随《中国诗歌》附赠的《诗书画》，每期刊发一位诗人的书法或画作，已坚持三年，得到业界好评，也收到不少热心读者的反馈意见。其中，书法家旭宇先生提出的改版意见很好，谢克强为此登门请教，他的意见最终被我们采纳。2016 年第 1 期刊发旭宇的书法作品，他不仅是书法家、诗人，更是一位资深美学编辑。改版后的《诗书画》焕然一新，得到了大家的喜爱与传阅。

# 一些果子成熟了

谢克强喝了一口茶，扬了扬手中的《诗刊》道："这一期是诗选专号，选了当前比较活跃和办得较有影响力的三十多家官刊和民刊的诗歌。其中，在诗歌专业刊物栏目，选发了《中国诗歌》八个页码的诗，是所有诗歌刊物中选得最多的，这是对我们不小的肯定嘛！"

的确，我们的很多作者，正从《中国诗歌》起步，走进了《诗刊》、《人民文学》等等大刊的视野。

车延高道："我前几天受邀参加了《人民文学》在江汉大学举办的颁奖仪式，惊喜地发现，参加过我们'新发现'诗歌夏令营的徐晓，获得了《人民文学》2015 年年度新锐奖。这对于写诗才短短几年的新人来说，是莫大的鼓励和荣耀。为她感到高兴。"

"徐晓这丫头有灵气，当年在一帮参加夏令营的孩子里面并不算最优秀的，但她最近的诗歌确实越写越好了。"谢克强说道，"朱妍，你向她约约稿，看能不能重点推一推。"

"我记得还有一个'新发现'诗歌夏令营的学员莫小闲，她也获得过《人民文学》新锐奖，她现在该大学毕业了吧？过得怎么样？"阎志关心道。

"她现在东莞桥头镇图书馆工作，近年在全国各大刊物发表了不少诗……"说起这些孩子们，谢克强比较了解情况，他一一道来。

嗯，一年又一年，时间催人老。曾经青涩的果子们，如今渐渐地成熟了。他（她）们散落在全国各地，干着自己的工作，过着自己的生活，写着自己的诗，领受着生活的馈赠。

# 微信诗歌

随着读屏时代的来临，在诗歌论坛、博客、微博等相继热闹和凋敝过后，微信迎来了春天。这种传播迅捷的自媒体方式被大家所喜爱，诗人们也不例外。这不，车延高就兀自聊开了。

"微信上有一个叫黄靠的年轻人，加我为好友后，聊诗时开门见山地批评我的诗老了，我就去他的微信页面看了一下，原来他也写诗，写得还挺好，他很年轻，你们可以关注一下，觉得不错就向他约个稿。"末了，他依旧不忘推荐一下年轻人，大家都笑起来。

说起微信，它确实与诗歌结合越来越紧密了，我们即将发表的一位九岁的小诗人的诗，就是编辑在微信上读到其作品，被小作者的灵气和才气打动，从而选发。我相信，在今后，这样的事情会越来越多。

夜渐渐深了，窗外不知什么时候下起了小雨，淅淅沥沥地打在窗棂上，仿佛诗歌的回响，一点一点落进心里。在谢克强的提醒下，本次编前会接近尾声。